KB241967

하이델베르크의 술통

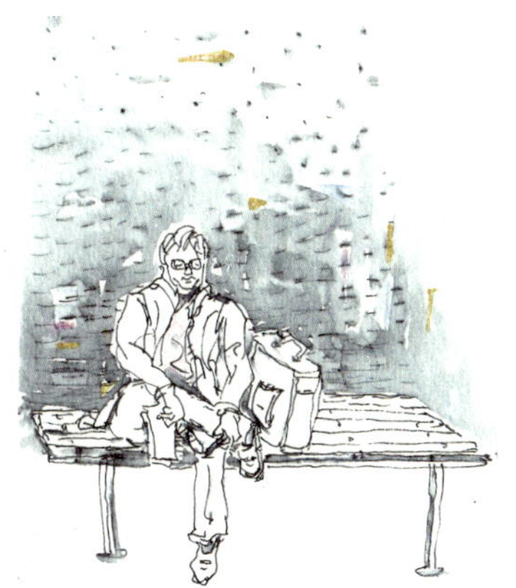

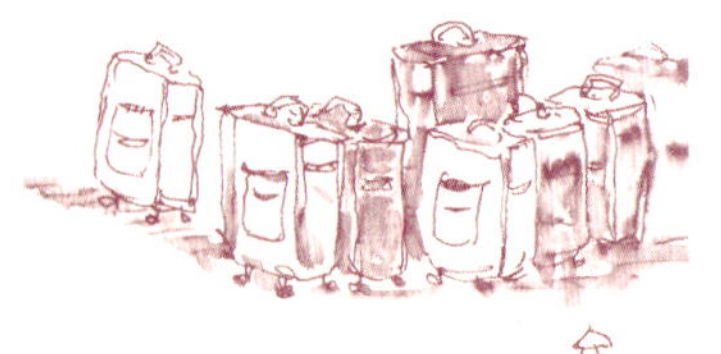

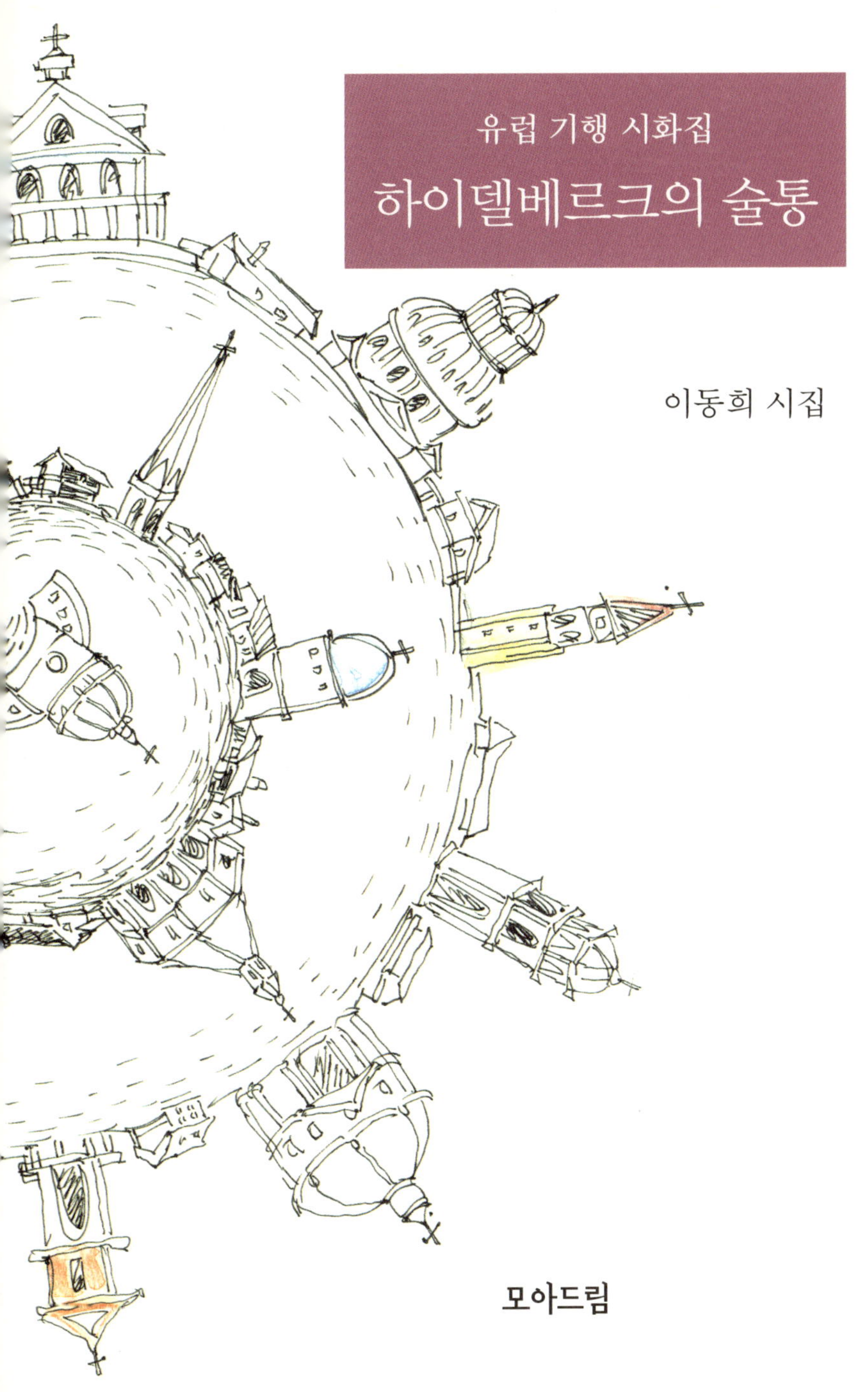
유럽 기행 시화집
하이델베르크의 술통
이동희 시집
모아드림

방언이 그리운 시의 나그네

어느 시인은 이렇게 말했다. 여행은 자주 하되 기행시는 함부로 쓰지 말라. 어느 작가도 그와 비슷한 위험을 지적하고 있다. 낯선 곳을 찾아 나들이를 하되 기행담을 소설로 착각하지 말라. 충분히 공감이 가는 지적이다. 나그네 감상에 젖은 넋두리를 시로 호도하지 말라는, 발효되지도 않은 설화를 서사의 규범에 억지로 우겨넣지 말라는 경고일 것이다.

괴테는 죽기 전에 라오콘을 보고 싶어서 로마에 간다. 넘어진 김에 쉬어 간다던가, 임도 보고 뽕도 딴다던가. 괴테는 라오콘을 본 김에 이탈리아 전역을 돌아본 뒤에 나온 걸작이 바로 『이탈리아 기행』이다. 대문호 괴테도 낯선 이국 풍정의 감상을 접어 둘 수만은 없어 시정 넘치는 기행담을 내놓았으리라. 그에게도 발효되지 않은 감성과 설익은 서사를 걱정하면서도 결국은 기행문을 남겼고, 그 위험이 인구에 회자되는 명작이 되었으리라.

패키지여행의 장·단점을 익히 알고 있다고 생각했다. 그래도 여행의 유혹을 뿌리칠 수 없었다. 결국 서부유럽 6개국을 여행보따리에 스스로 묶여 주마간산走馬看山했다. 그리고 여행 내내 어느 시인과 작가의 경고가 내 의식을 지배했음을 부인할 수 없다. 그럼에도 불구하고 괴테식의 서정이나 서사적 충격을 컴

퓨터 자료 삭제하듯이 버릴 수만은 없었다.

　그렇게 해서 나온 것이요, 얻어진 것이요, 만들어진 것이 바로『하이델베르크의 술통』이다. 안다. 평생 대처 나들이 한 번 못한 개구리의 좌정관천坐井觀天임을. 그래도 그것이 괴테에는 미치지 못할지라도, 남대문의 문턱이 있다거나 없다거나, 혹은 그 문턱의 재질이 대추나무라거나 소나무라거나 하는 말씨름에서 비켜나고 싶었다. 그 남대문마저 불태워버린 조국의 못난 나그네가 포착한 순간 영상일지라도…

　밖에 나가보니 안이 더욱 잘 보였다. 남의 돌을 끌어다가 나의 옥을 다듬는 격이리라. 그렇게 열이틀간의 여정을 거꾸로 더듬어가며 쉰다섯 개의 여행꼭지를 만났다. 끝은 또 다른 시작이 아니겠는가? 모국어의 텃밭에서 노닐며 역순의 기행시를 쓰는 이유다. 방언이 감칠맛 나는 낯선 곳으로 시의 여행을 지속하리라 다짐하며.

　나들이의 동행 노령魯玲 작가의 지치지 않고 바지런했던 건각健脚에, 박봉을 쪼개어 거마비로 예쁜 마음을 보여준 린·다璘·多네 어멈과 아범에게, 흑백의 시심에 좋은 영상으로 마음그림을 얹어 빛나게 해주신 정이순 화백께, 진중하신 평설로 그동안 사숙해온 마음의 빚을 돌아볼 수 있는 기회를 주신 김종 시인·화백께, 그리고 모아드림 손정순 사장과 편집부에 참한 마음으로 깊이 감사한다.

2011년 봄날에
油然 이동희

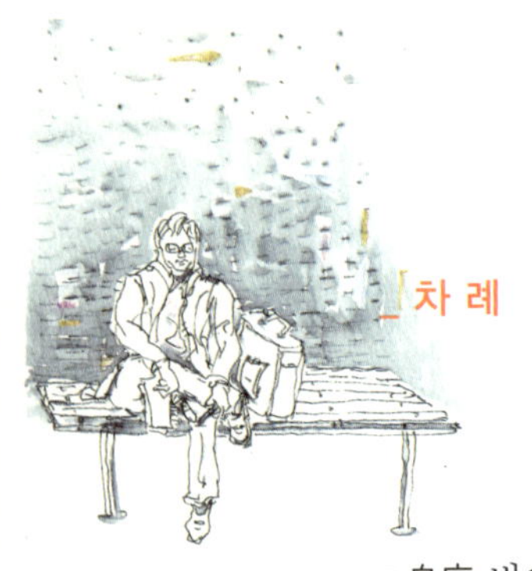

_차 례

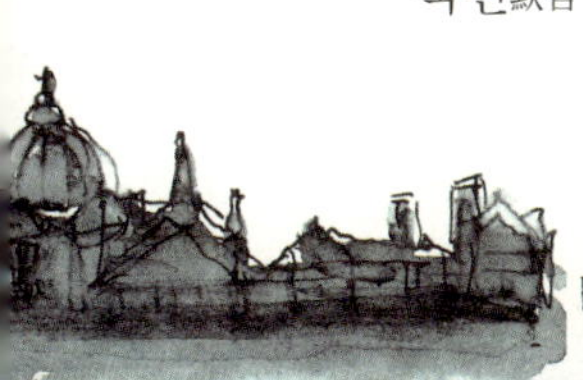

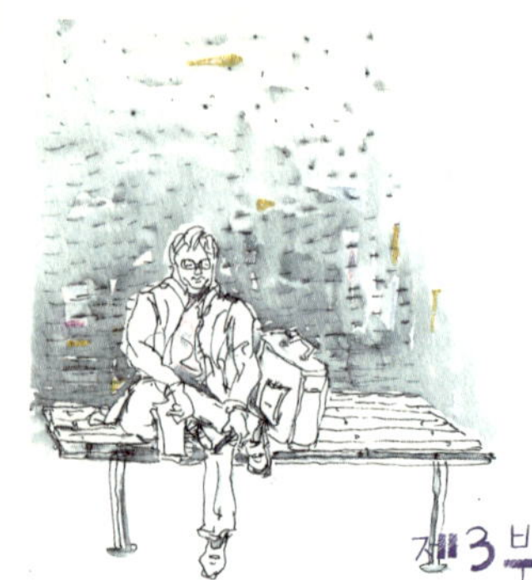

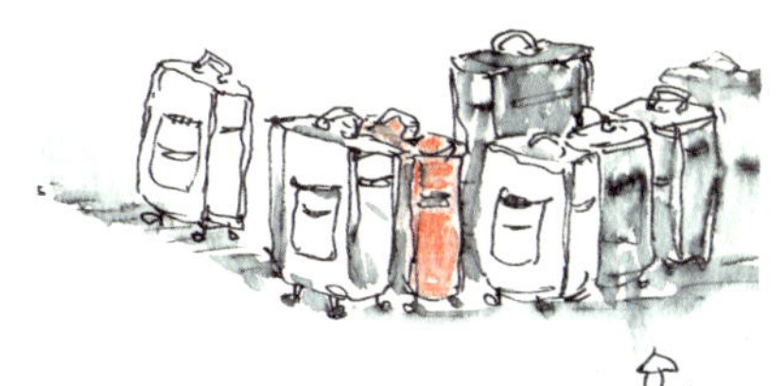

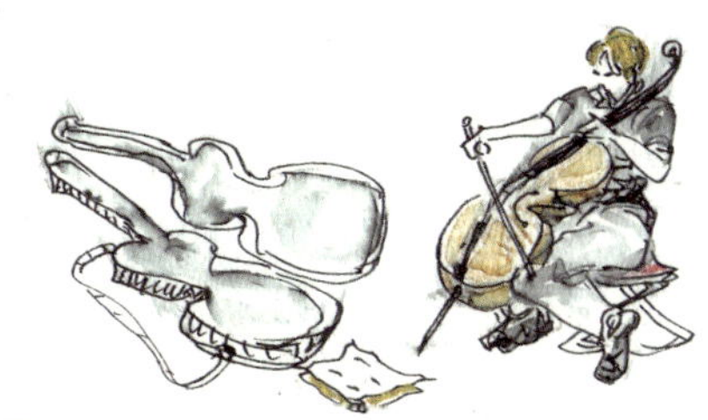

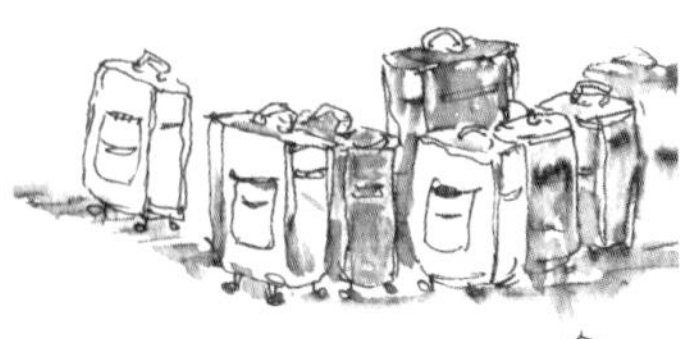

제1부 오스트리아에서 독일로

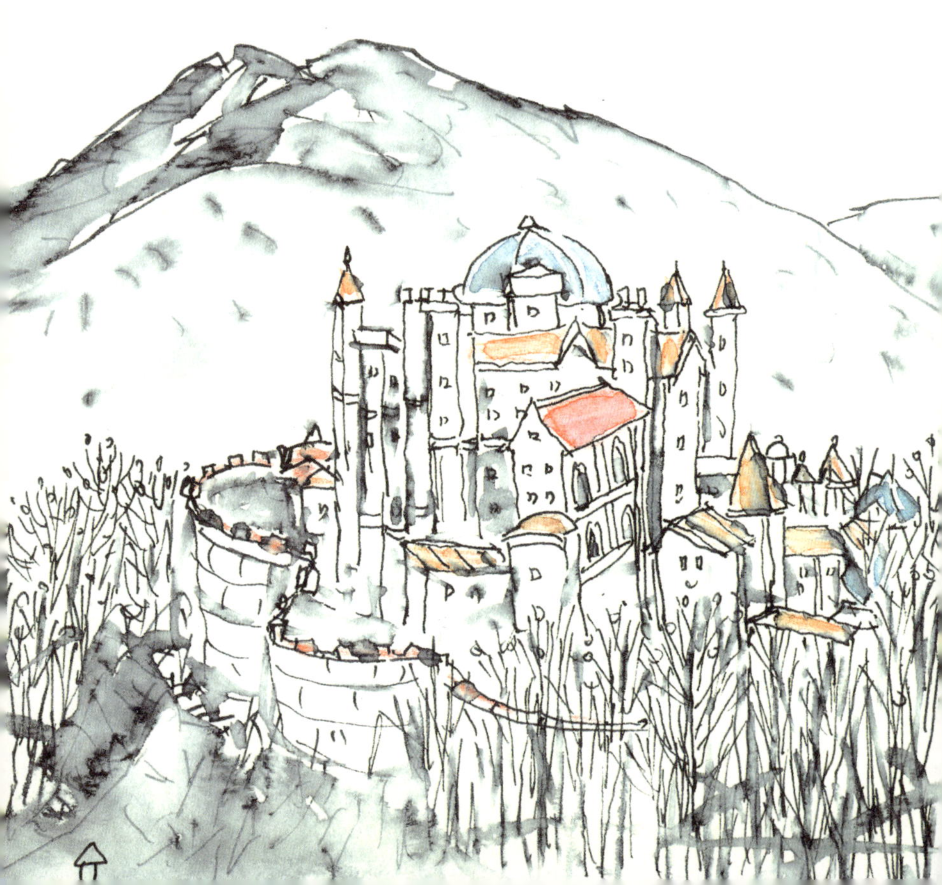

펜과 칼

— 프랑크프르트에서 윈도우 쇼핑하다

인천직항 잠자리를 네 시간 앞에 잡아매고
내 남루한 삶의 패키지에 짐을 들였다

나를 버려둔 채 날아가지는 말아라!
솟대처럼 솟은 망향의 우수 주머니에
몇 가지 비망록을 소품들로 채우리라
잠자리를 유혹할 어린 질주를 회상하며…

소설을 쓰는 그녀
칼을 사는 동안, 기운 센 동네 아줌마 성화로
강철 좋은 독일을 만지작거릴 때

시를 쓰는 나는 펜을 샀다
중저가 문방사우 중의 하나
라미만년필에 마르지 않을 시심을 채워 넣었다
…그렇게 여겼다.

칼로 흥하는 자 칼로 강건할 것이다
주방의 흥겨운 가락이 서사를 낳으리라

저 날카로운 저작咀嚼의 현대여,
도도히 흘러가고야 말리라
대하의 삼각주 장편의 숲이 된 저자처럼!

펜의 치정癡情 사건을 읽는다
촌철로 일삼았던 배면의 배신처럼
나의 시는 언제나 나를 배신하는 힘이라 여겼다
…잠시 살아남으리라

펜클럽 연회비를 연체하는 구제
불능 국제미아
　그 빈약한 신용의 패스포트어,
　모국어의 닷새 장을 위하여 서둘
러 귀국하는
　방언이 그리운 나그네 시인이여!

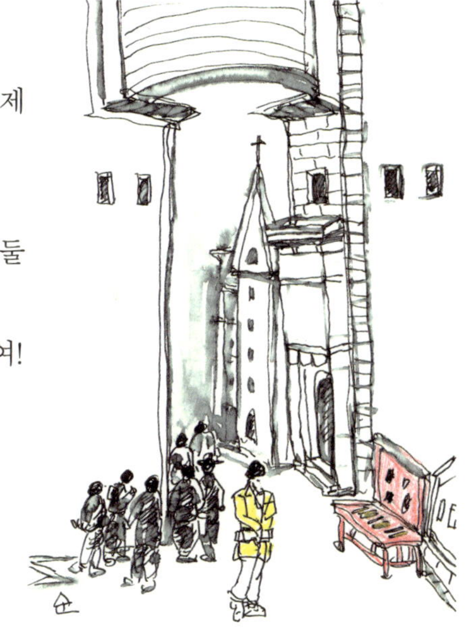

대학은 大學이다
― 독일의 대학교육을 넘보다

유년 시절에 가둬 키우고

소년 시절엔 놓아기르며

청년 시절에는 내보내 양육한다는 독일 가정교육,

도이칠란트 교육 자랑에 침이 마르는 재독동포 현지가이드―

내국인이건제삼세계유민이건유학생이건독일대학에입학한

학생은

'모두 학비를 면제한다!'

― 그 면제가 혹시 국격G20세는 아닌지?

'스물일곱 살이 될 때까지 일백팔십 유로 용돈을 지급한다!'

― 그 돈 종이돈은 아닌지?

'대학중심 반경 몇 킬로까지 무관세 통행을 허한다!'

― 그 통행이 비보호 좌회전은 아닌지?

'학생 아르바이트 수입은 소득세를 면제한다!'

― 그 소득이 푼돈은 아닌지?

'대학 중심 일정 구간 학생 대중 교통비를 무료로 한다!'

― 주민쯩 보자는 건 아닌지?

'대학가 식당 학생 밥값은 1,2유로만 받는다!'

― 그 밥 밥퍼줘 밥은 아닌지?

듣고 보니 독일 대학이 大學이다

끝없이 들어도 좋을 大學이다

침소봉대이어도조금뻥이끼어도아니많이구라가섞여도독일
대학이진짜大學이다!
　우리 대학은 등록금 장사하는 금융기관이다
　등록금으로 건물만 자꾸 세우는 건축회사다
　빌려준 등록금 이자 붙여 회수하는 고리대금업자다
　자퇴하는 학생에게 위로 한 마디 못해주는 벙어리다
　간판이 실력보다 고가로 거래되는 인쇄공장이다
　혈연 지연도 모자라 학연으로 끼리끼리 봐주는 친목회다
　보따리장사가 판을 벌이는 비정규직 난장이다
　학문보다 처세를 가르치는 정치집단이다
　한국의 대학은 용이 되려다 실패한 이무기다
　아니, 학교가 되려 했다가 일찍이 하교해버린,
　저급한 지성의 비겁한 패거리집단이다.

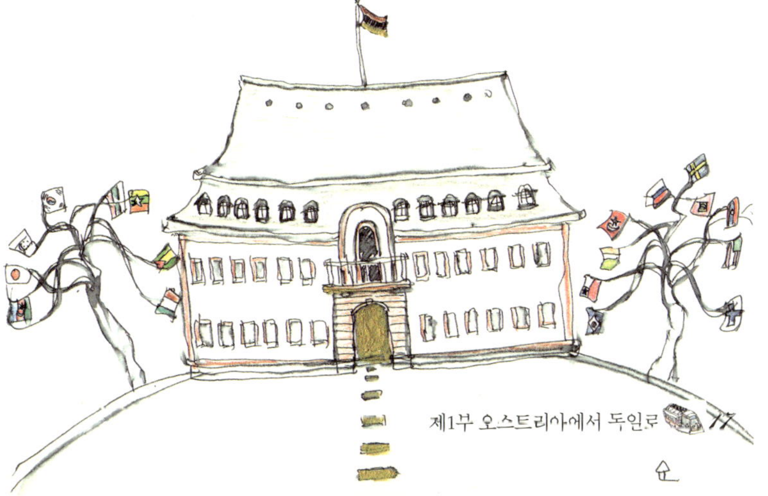

하이델베르크의 술통

— 대학의 도시에서 술을 만나다

황태자가 술집 아가씨와 첫사랑을 나눈 도시
하이델베르크 뒷골목에는
세상에서 가장 큰 술통이 있다네.

배움이 비로소 큰문을 열었다는 도시
하이델베르크—

감성이 잘 발효되면 지성을 낳고
지성이 제대로 취하기만 할 것 같으면
사랑마저도, 마침내 졸업을 하고야 마는 것!

시인 조지훈이 주도유단론酒道有段論을 휘갈기며
지성마다 십팔 단의 급수를 매기던 도시
이 땅의 큰 배움집에도
취할 줄 아는 지성들이 혁명도 가장 잘 하였다네.

참말만 하는 참나무 일백삼십 그루를 잡아들여
대학의 도시가 남긴
지상의 노트—

취중몽유진실록醉中夢遊眞實錄,
세상에서 가장 힘센 술통이여!

이 땅은 밤의 도시!
술마저도 제대로 취할 줄 모르는…
사랑 또한 혁명하듯이 취하고야 마는…

참말만 하는 참나무들의 노트는 비어가고
이민을 꿈꾸는 젊은 포장마차들
이 땅의 도시들은 불야성을 이룬다네.

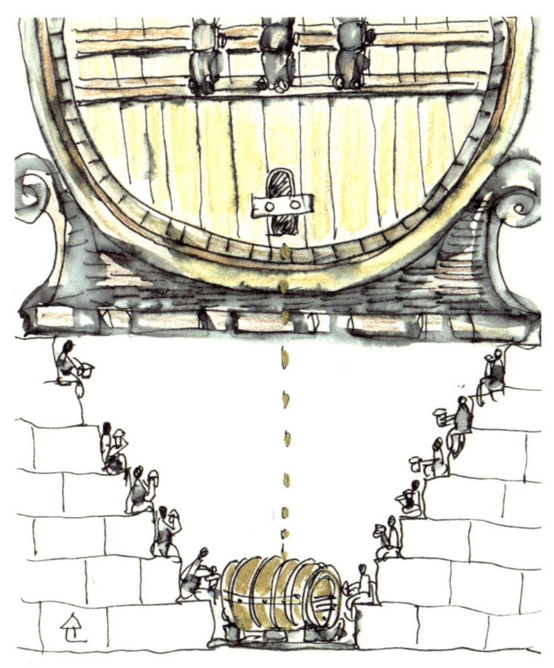

독일의 숲
— 인간의 숲을 이룬 자연

전주가 고향이라는 재독동포 현지가이드 김미란 씨
야무지기가 알토란같고, 교양미가 라인강처럼 유려한 분

수십 년을 독일에 뿌리를 내리면서도
말의 뿌리는 전라도 토박이말에 심어두신 분
피어난 가족꽃들은 도이칠란트 억양으로 화사하단다.

"독일인들은손하나까딱않고도팔십년을먹고살숲이있어요
참부러워죽겠어요!"

정말 부러운 것은 나무들의 숲이 아니었으리—
노란백의의천사도 심어서 잎을 피우고
백의민족광부도 옮겨다 제 나라 줄기로 키우는 지력!
저들, 오지랖 넓은 사람 사는 생태였으리,
사람숲을 이룬 생명력이었으리!

윤이상도 오선지 하나로 국빈으로 섬기는
예술숲의 습도—
동토의 옷을 벗긴 김대중의 햇볕 한 줄기를 아끼는
정치숲의 온도—

차범근도 차붐~ 외쳐대며 저네들 시민으로 자랑하는
생활숲의 토양—

나무는 자연의 질서를 먹고 숲을 이루듯이
세상은 사람의 체온을 받아 숲이 되었으리

"독일인들은손하나까딱않고도팔십년을먹고살숲이있어요
참부러워죽겠어요!"

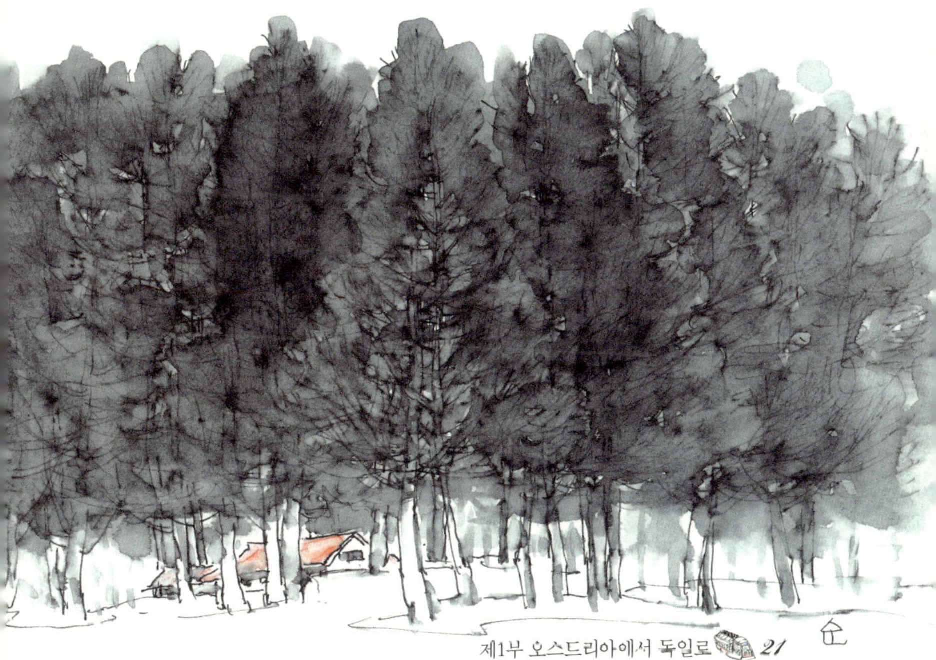

아우토반Autobahn
─ 반성하는 속도, 도이칠란트

독일 아우토반에서 길을 찾다
속도 무제한 도로가 아니라, 제한 없이 관계하는 길을 찾다
유럽 중앙을 관통하느라 연락부절하는 속도, 속도, 속도…
통 큰 독일, 유러피언들에게 무료로 가슴을 열다.

히틀러를 대신하여 무릎 꿇는 도이칠란트
세계대전의 그을음을 지워가는 도이칠란트
사람에게 사람의 옷을 입히는 게르만민족
이웃나라에 형제애로 사과나무를 심는 게르만민족

유럽의 속도에 몸을 싣고 달리다
독일의 정중앙을 무료 고속으로 질주하며,
저들과 같은 혈액형을 지녔던 일본을 생각한다.

섬나라라 열어둘 것도 없는 마음의 도로
돌섬마저 내 것이라고 우기는 차돌 욕심
이끼서린 역사마저 덧칠하는 무치의 근성
붓으로 문자를 주자 칼로 피를 부르는 이웃

이웃을 잘 두면 삼대가 편안하다지만
남 탓하기 전에
제 몫의 밥그릇도 챙기지 못하는 내 어리석음이야!

하긴, 사람이건 나라건
제 스스로 업신여긴 다음에 남의 업신여김을 사는 것.
독일이 이웃 섬김으로 얻는 고속의 번영만큼
일본의 이웃 섬김마저 거저 얻는 고속의 질주는 아닌 것
제 몫의 우러름으로 얻어지는 비싼 통행료인 것!

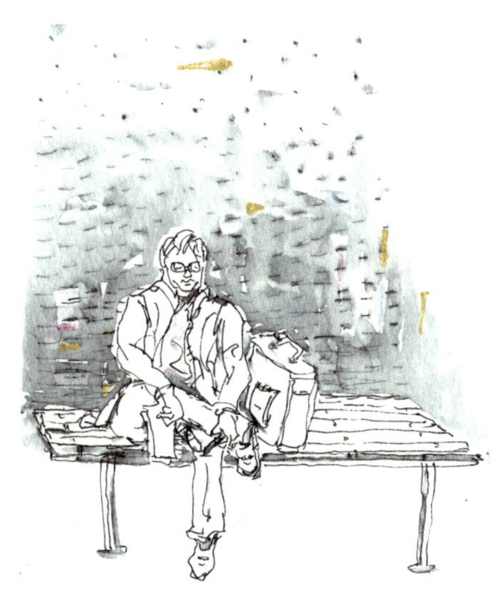

크리스마스카드

— 〈백조의 성〉은 서양의 풍경화다

독일 피센 지방 노이슈반슈타인성
백조의 성—
무거운 돌옷을 입은 꿈은 날지 못하네.

바그너를 짝사랑한 루트비히 2세,
동방박사 어린 가슴에 겨울 풍경으로 인화되어
서양의 풍경화를 동화처럼 짝사랑했다네.

시골 교회에 눈발이 내리면
언 손 호호 불어가며 냉기서린 교회 마룻바닥에서
아기예수 맞이하는 연극을 연습했다네.

구호엽서로 날아온 동화나라 성채를 무대 삼아
열두 마리 백조가 된 왕자들이 날아오고
베옷을 다 짜지 못했을 공주를 안타까워하며
밤마다 흥건히 땀에 젖곤 했다네.

이제, 루트비히 2세의 어머니 이름으로 놓은 가교
마리엔 다리—

소년과 어른, 꿈과 현실을 잇는 다리가 되었다네.

겨울 추위 타는 지아비를 위해
겨우내 털스웨터를 뜨개질 하던 아들의 어미와 함께
지나버린 추억을 찾아 가슴에 담노라면,
매양 인화되는 것은 빈 꿈이었음을 비로소 알았다네.

이젠 시골 교회도 백조의 날개를 달았는지…
연극처럼 살아온 여린 시인에게 보내야 할
크리스마스카드 바탕그림,
이제야 육십 년 거리 밖에서 만나고야 말았다네.

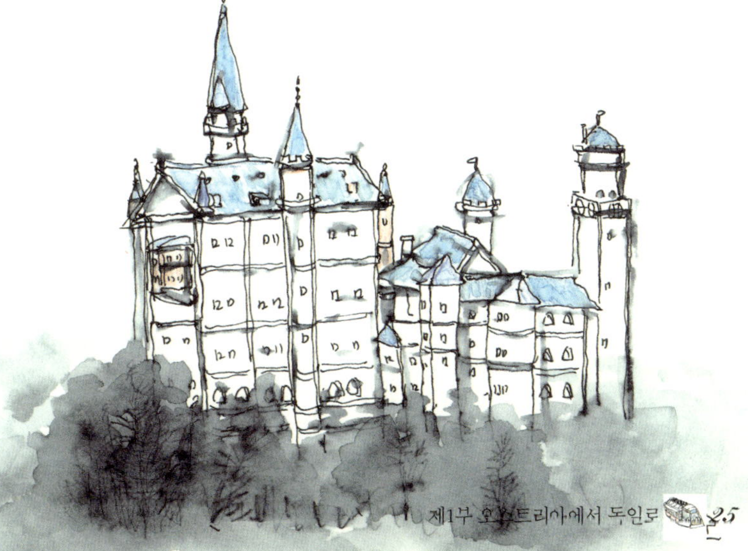

국경 없는 노래

― 오스트리아에서 에델바이스를 부르다

누군가 그렇게 말했을 때
임방울 명창이 대뜸 쌍지팽이 짚고 나서며 일갈허길―
뭐시라고라?
느그덜이쑥대머리구신형용을알기나헌다냐?
소리는만국공통어라고?
구신씻나락까먹는소리허고자빠졌네!

오스트리아 고개를 넘으며 에델바이스를 합창들을 허는디
슬그머니 한계령 비스므리한 정감이 일어설랑
양희은, 구성진 음조로다가 속노래를 하였다는거 아닌가요!

에델바이스는 이미 지고 없다는 듯이
모차르튼가 하는 천재가, 때를 맞추어
온통 차안을 어질고 돌아다니드라고요.

때가 때이고, 곳이 곳인지라
오스트리아 잘츠부르크 가까운 동네에서 듣는
소야곡인가 세레나데인가 하는 달콤쌉싸름한―
아이네 클라이네 나하트 뮤직인가 하는 것이

참말로 무던하게 사랑스러운 음악이더라고요!

임방울 선상님!
쬐끔 미안하지만, 긍께 고것이, 거시기 혀서 말인디유,
남도에선 수리성에 한 맺힌 소리 만나야 제격이고요,
백발의 알프스가 저 멀리 손짓하는 이곳에선,
그래도—
모차르트가 제격이드라 고런 말씀 아니건능거라우!

인생 손익계산
— 오스트리아의 첫인상

백석의 외양간에 내리는 눈송이처럼
성긴 눈발이 흩날리는 인스부르크에 첫발 놓았네.
해는 이미 산 너머로 자취를 감추었지만
등불 없이도 눈코입은 분간할 수 있는 석양이었네.

하얀 모자를 깊이 눌러쓴 할아버지산이
가슴 언저리에 구름띠를 두른 채 내려다보았네.

동네 너른 마당 한 가운데에
아담한 포장마차 몇 대 가게고삐를 매기 시작했네.
관광에 허기진 호구들이 버스입에서 줄줄이 쏟아지는데도
아랑곳하지 않고 마차의 시동을 걸고 떠나가려 하네,
떠나가고야 마네.
광장주변 가게들도 유령의 도시처럼 자물통을 채웠네
주인 없는 빈 금고들만이 유리창을 지키네.

저들은 그런다네, 그렇다네!
저들의 금고는 구경꾼을 기다리지 않는다네.
구경꾼의 지갑마저도 아예 눈금을 맞추지 않는다네.
오직 저들이 비어줄 제 인생에 눈금 맞추며 산다네.

시간외 근무에다가, 특근에다가,
야간근무, 철야근무까지 해도, 해도, 또 해도…
근면상 타기 힘든 세상에서 살다온 나그네
참 이상한 나라의 엘리스가 되었다네.

자정 가까운 빈 위장까지 벌고, 벌고 또 벌고…
공휴일에도, 주말에도 노동하고, 노동하고, 또 노동하고…
월차휴가, 연차휴가 다 내어주고 일하고, 일하고, 또 일하고…

저들은 저리 일찍 일자리 거두고 포장마차 떠나도
부유한 가난뱅이로 행복하다네.
우리는 저리 늦게 눈에 불을 켜고 철밥통을 지켜도
가난한 부자나라로 행복하다네.

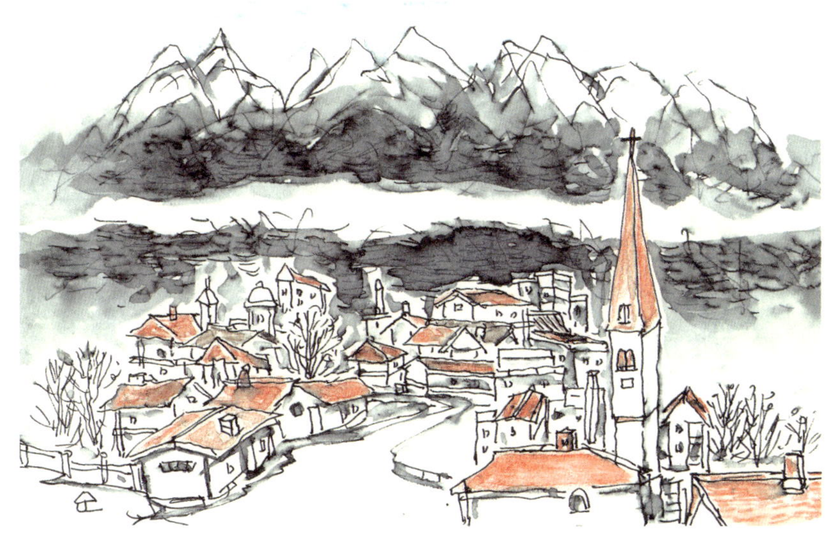

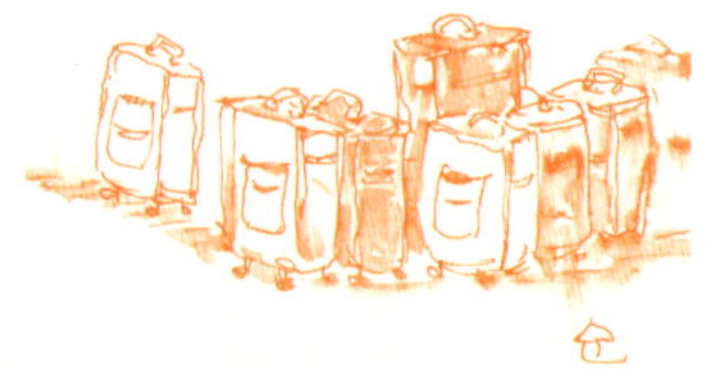

제2부 아, 이탈리아!

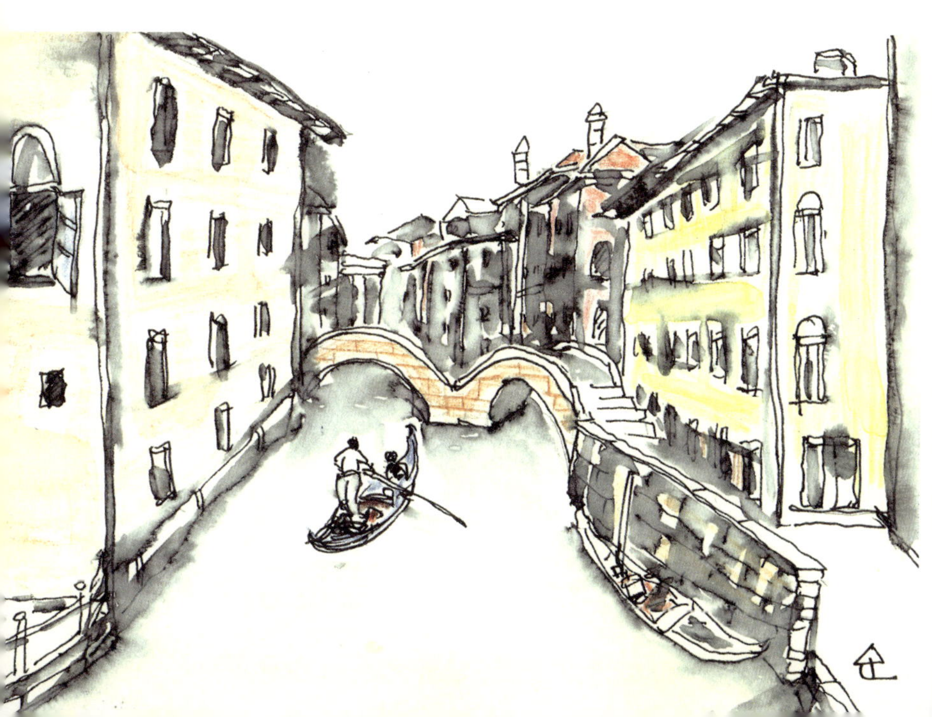

수상도시

— 베네치아에서 뱃놀이하다

서양 사람들은 모두가 같은 얼굴이다.
그들이 동양인 얼굴 구분하지 못하는 것처럼…

그래도, 곤돌라 위에서 노래 부르는 가수
슈베르트 육촌동생이거나,
파바로티의 환생이 아닐 수 없게 준수하다.

창공에 빛난 별 물위에 비치지 않는 대낮인데도
출렁이는 물결 따라 싼타루치아는 명랑하다.

곁에서 반주하는 기타쟁이, 역시
한 시대를 꼿꼿이 세운 카라얀의 콧날을 지녔다.
작은 오케스트라를 켜는 작은 베토벤이어!

수상도시는 수상택시를 부른다.
드맑은 물길 따라 은은하게 울려 퍼지는 노래를 듣노라니
두만강푸른물에노젖는뱃사공흘러간그옛날에내님을싣고떠
나간그배는어디로갔는지?
문득 그들의 부뚜막소식이 궁금하다.

수상한 시대라서 수상택시를 띄울 수 없는 두만강
그리운내님이여,그리운내님이여!
언제나 푸른 역사의 강물 위에 배를 띄울까,
신명난 뱃노래를 부를 날 있을까?

한국 사람들은 모두가 같은 얼굴이다.
저들이 코리아의 사우스와 노오스를 구분할 줄 모르듯이.

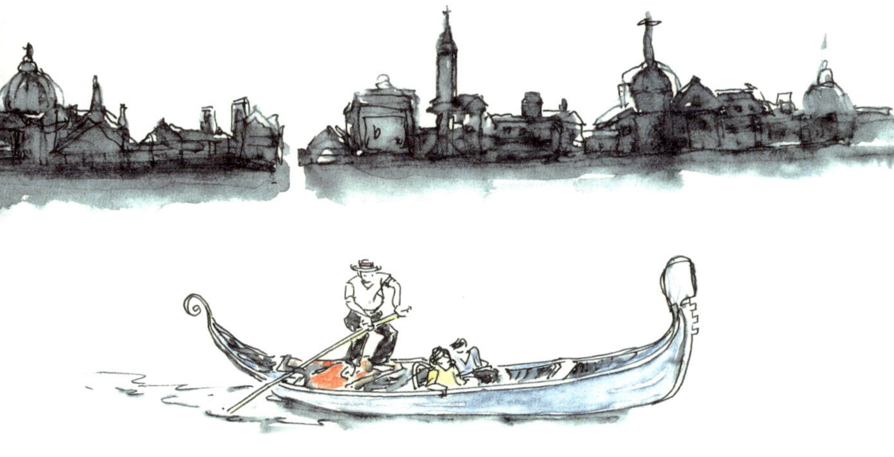

자유를 위하여

― 카사노바의 고향 베네치아에서

카사노바는 나의 인생이야기에서 이렇게 썼다.

나는 여자를 위해 태어났다.
나는 여자를 사랑했다.
나는 여자로부터 사랑을 받았다.
그러나
내가 진정으로 사랑한 것은
그 무엇에게도 구속받지 않는
자유였다.

시인은 나의 인생이야기에서 이렇게 쓴다.

나는 시를 위해서 태어났다.
나는 시를 사랑했다.
나는 시로부터 사랑을 받았다.
그러나
내가 진정으로 사랑한 것은
그 무엇에게도 구속받지 않는
자유였다.

사랑도 지나치면 죄가 되는가,
시를 연인처럼 사랑하면 죄가 되는가?

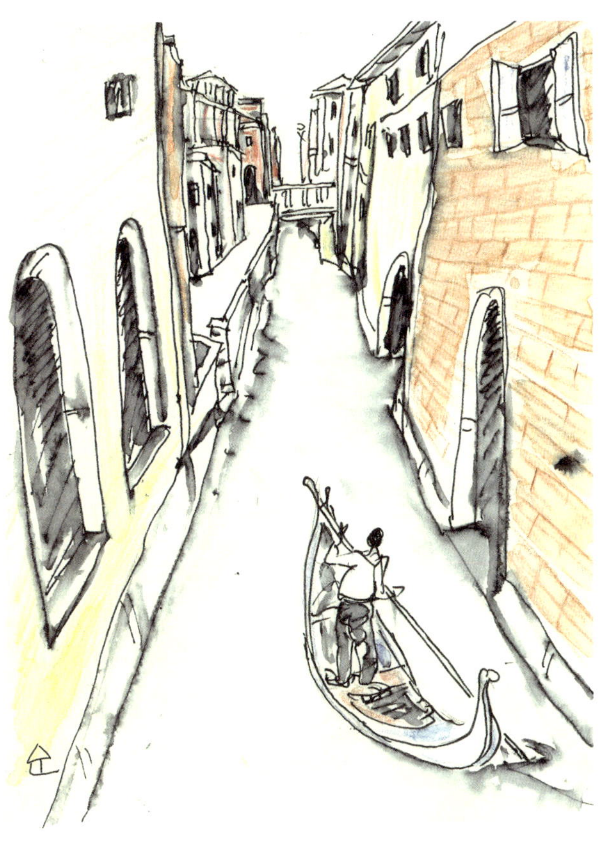

무명

동방에서 온 촌놈 무명시인
유명시인 단테생가를 스치고 지나갔다네

고풍스런 피렌체의 뒷골목을 잠시 지나가며 생각했다네
무명이 유명을 이어주는 끈이 무엇이겠나?
유명이 무명에게 광속처럼 오는 것일까, 아니면
무명이 스스로 천관녀 찾아가는 발길일까?

청년 단테, 우연히 스치고 지나간 무명여인을 평생 생각했다네
마음에 담아두고 음률을 고르다가
신의 노래를 발견했다네.
빛줄기 속에서 만난 무명여인의 어둠을 벗겨내고서
비로소, 베아트리체 유명을 주었다네.

무명이 가는 길이 어디이겠나?
단테를 빛의 빠르기로 스쳐서 지나가노라면
지옥도, 연옥도, 지고천至高天 천국도
내 안에 깃드는 것!

나의 무명無名이 그윽한 골목길을 벗어날 때쯤
비로소 무명無明의 선글라스로 보이는 유명幽冥을 거쳐
마침내 유명幽明에 이르지 않겠는가!

동방에서 간 촌놈 무명시인
유명시인 단테생가를 스치고 지나왔다네.

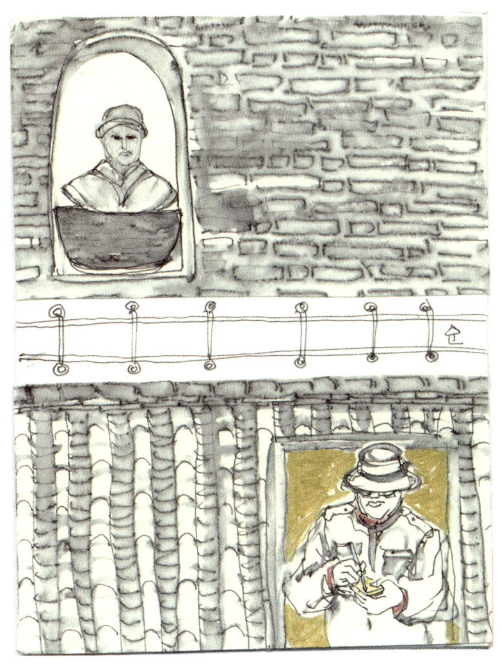

부활하는 나무
— 베니스 근교에서 올리브 제품을 구입하다

올리브나무*는
그냥—
올리브다

올리브나무는 올리브
올리브는 죽지 않아서
올리브는 나무로 산다

올리브나무는 이백년 멈춘 숨으로
올리브나무는 이천년도 숨을 쉰다
올리브나무는 이쁜 월계관을 쓴다

올리브나무는 지중해를 호흡하다가
올리브나무는 이천년이나 죽었다가
올리브나무는 신앙하는 나무로 산다

Olive

just—

is all live!

*올리브Olive나무는 강한 생명력으로 척박한 환경에서도 잘 자라고, 고목에서 난 새순으로 수명을 연장하여 평균 600년 이상 살며, 예루살렘 올리브 언덕에 있는 것은 2000년, 이탈리아에는 무려 3500년이 넘는 나무도 있다 하니 불멸—부활의 상징으로 여길 만하다.

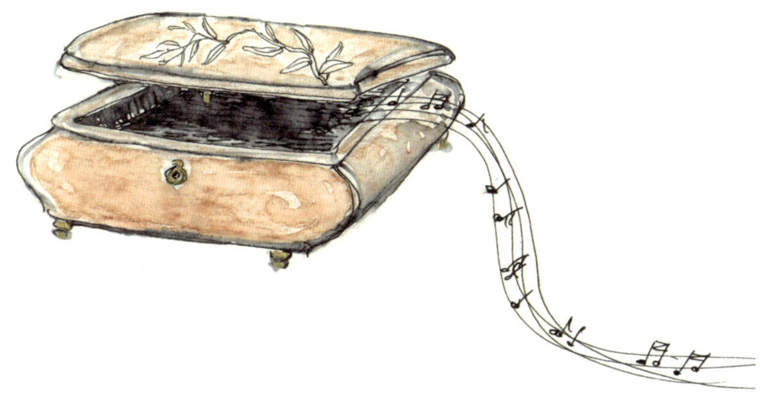

바람은 음악을 연주하고

— 이탈리아에서 종소리음악을 듣다

마스카니는 단막 오페라 〈카발렐리아 루스티카나〉에
오렌지꽃 향기는 바람에 날리며…라고 썼다네.
아니 노래했다네.
설마가 사람 잡는다, 아니 시인 잡는다고
노래가 사람 잡을 줄이야…
큰 종, 작은 종 목소리를 합하여
큰 사랑, 작은 평화 모두 모여서
세상의 소리란 소리로 하나의 노래가 되다니
자연이 연주하는 음악을 듣는다네,
촌놈시인주제에!
이게 웬 호사, 웬 떡이런가?
베네치아이건 베니스이건 그리 상관할 바 없으나
피렌체건 미켈란젤로건 그리 아름답다할지라도
딱 하나,
종소리가 연주하는 음악만은 못하였다네.
베네치아는 교회들이 일제히 시간을 연주하고
피렌체의 골목들은 빅터유성기 나팔관처럼
오렌지꽃 향기를 실어 나르는 소리통 구실을 한다네
온 도시가 일제히 소리꽃향기에 파묻혀
온 세상이 혁명하듯이 풍선을 타는 동안

동방에서 건너간 촌놈 시인

피렌체 산타크로체 성당 돌계단에 앉아서

사비나여인의겁탈*을 망연하게 바라볼 수밖에 없었다네

한 때 동네방네 높은 곳에선

잘살아보세 구호소리 요란했지만

철탑 꼭대기마다 쉿소리통 만들어두고 주일소음을 틀어댔지만

바람이 실어오는 오렌지꽃향기, 아니 진달래꽃향기마저

실어올 줄은 몰랐다네.

설마가 사람 잡는다고,

설마 온 도시가 일제히 바람의 혼을 타고

저리 향기롭게 꽃의 도시를 연주할 줄이야,

광장음악회를 공짜로 들을 줄이야!

바람마저 음악으로 불어올 줄은 정녕 몰랐다네.

*피렌체 시뇨리아 광장에 있는 쟌 볼로냐의 조각 작품명

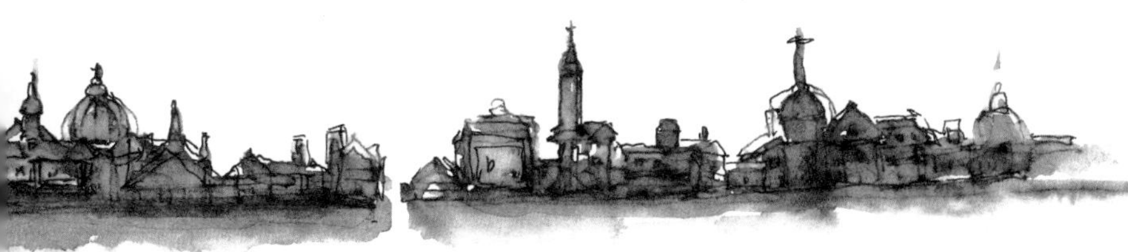

아비들, 어리석은 현인이 되다
— 로마 원형경기장에서

로마의 원형경기장을 돌아보는데요, 생뚱맞게도
영화 글래디에이터의 한 장면이 떠올라서 고소苦笑를 삼켰지요
로마황제 마르크스 아우렐리우스―
그는 자신의 명저 〈명상록〉에다 이렇게 썼다나요.
"오늘이 네 인생의 마지막 날이라고 생각하고 살아라!"
그는 마침내 황제를 탐하는 아들에게 무참한 죽임을 당했으니
자신의 운명마저도 예언한 지혜로운 현인이었을까,
아니면 어리석은 아비였을까요?

사기史記의 행간을 어느 나라 방언으로 채울지라도
군주라면 어리석은 현인이 될 자격이 충분한 아비이지요!

하긴, 삼각산 밑에 용틀임한 조선의 기와지붕 아래도
고소의 천국이었음은 그리 다르지 않았지요.
격랑의 아들을 그냥 흘려보낼 수 없던 영조라는 아비―
그는 아들을 죽음으로 몰아넣으며 이렇게 명령했다나요.
"네 잘못을 알고 자결하라!"
지저분한 당파싸움도 말리지 못한 왕권으로
질풍노도疾風怒濤하는 젊음을 먹을거리 보관하는 뒤주 안에
가두었다니,

자식마저도 권력의 먹이로 삼은 아비의 됨됨이를 잘 보여주
었다나요.

사기의 행간을 어느 나라 방언으로 채울지라도
군주라면 어리석은 현인이 될 자격이 충분한 아비이지요!

용틀임한 곤룡포가 옮겨 앉은 푸른기와지붕 아래에서도
고소의 신천지였음은 한술 더 뜨고 말았지요.
아들 같은 신하의 믿는 도끼에 발등 찍힌 아비—
"지금 뭣들 하는 거야?"
외마디를 남긴 채 딸 같은 여인의 품에 안겨 숨을 거뒀다나요.
영결식장에 들른 니체는 차라투스트라를 시켜 이렇게 말했
다지요.
"인간은 실로 더러운 강물일 뿐이다."

사기의 행간을 어느 나라 방언으로 채울지라도
군주라면 어리석은 현인이 될 자격이 충분한 아비이지요!

행복한 눈물
— 피렌체를 세운 메디치 가문을 생각함

삼대 가는 부자 없다
누군가 지어낸 말을 들었다 하자.
경주의 최부잣집 이야기가 풍문처럼 불어올 때,
남의 흉년을 나의 풍년으로 사들이지 말라!
그런 바람소문을 무슨 경전처럼 들었다 하자
이탈리아 피렌체 메디치 가문을 찾아보면 안다
삼대는 우습게
삼백년을 건너다니며 시민들과 웃고
삼백년을 석 삼 배한 세월을 함께 울었던
불패하는 부도 예술이 될 수 있음을!
메디치는
논밭에 일하러 가는 농부의 올레길에
가죽공장에 무두질하러 가는 장인들의 출퇴근 길목마다
르네상스 예술품, 값비싼 자기 풍년을
죽~ 늘어놓고 오가며 동무하고, 지나다 들러보라며
남의 흉년에도, 찢어지게 궁핍했을 저들의 보릿고개에도
그냥 그리 저렇게 공짜~로다가 내어놓았다.
그럴 때 하필이면
이 땅의 메디치 가문은

행복한 눈물인가 불행한 웃음인가를
꼼쳐두었다가 어찌어찌 하여 들통이 나부렀는디
내 것이 아니네, 네 것이네 쌈박질하였음을 들었다 하자.
아하~
불패不敗하는 부는 예술이 될 수 있다
하지만, 착각에는 등급이 없다지만
부패腐敗하는 부는 인생일 수밖에 없음을 알았다 하자
인생은 짧고 예술은 길다
누군가 지어낸 말을 들었다 하자.

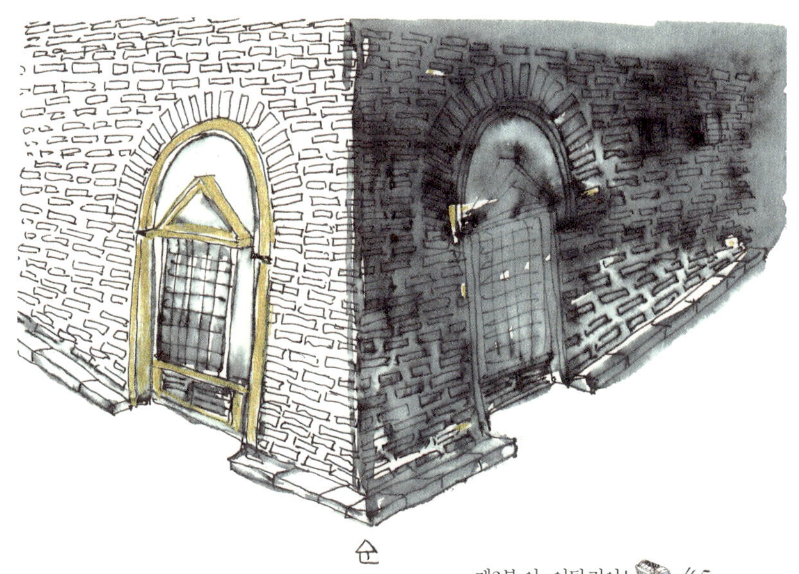

세상의 중심

— 피렌체, 대리석 역사여!

이탈리아 사람들은
천년도 아무렇지 않게 꺼내준다네
역사를 꺼내 공깃돌 놀이하듯이 놀아준다네.

로마는 볼 게 많은 도시라면,
피렌체는 뒷이야기가 많은 도시라네.
로마 베드로대성당은 웅장하지만,
피렌체 꽃의성모마리아대성당은 아름답다네.

불그스레한 시간들이 대리석도시를 건축하였으니
단테도 비로소
그 불그스레한 신의 노래를 건축하며 놀았다네
천년을 이웃하며 노래를 불렀다네.

붉은 피땀들이 인화된 피렌체!
벽돌로 쌓은 역사의 무덤인가, 돌들의 청사廳舍인가?
아니 청사靑史는 때로 붉은 피를 먹고
푸른 낭독을 토해내기도 한다네.

피렌체 뒷골목에는 뒷이야기들이 널려 있다네.

동방박사는 길트 원조의 후예의 후손의 한 가계에서
핏빛 눅은 가죽 지갑을 손에 채운다네.

피렌체에서 보티첼리가 비너스를 탄생시킬 때
가리비조개 껍질 위에 음부를 가린 그녀를 불러낼 때부터
가릴 데는 가리는 듯 드러내야 아름답다는 것을
천년 동안이나 보여줬다네.
누리의 교과서마다 보여주고 싶은 것만 보여줬다네.

그러고도 세상의 중심을 고집하는 대리석 도시여!
신은 자연을 만들고
인간은 도시를 건축했다지만
중심은 언제나 내가 서 있는, 왜가리처럼
한 발로 겨우 세상을 버티고 서있는 삼천천변 하늘채라네.

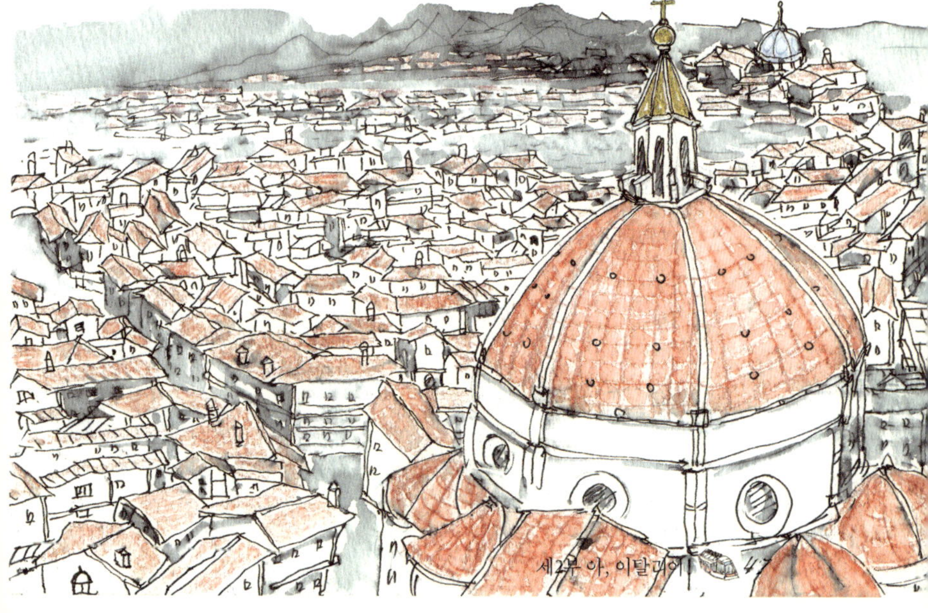

만신전萬神殿과 경주慶州
― 로마〈판테온 신전〉에서 경주를 생각하다

세계 제일 큰 것 좋아하는 사람들 여기도 있네
가로 세로 높이 각각 사십삼 미터라는 돔
벽두께 무려 구 미터나 되는 원통형 집
기둥은 무심권법으로, 뻥~ 뚫린 천장 구멍뿐이라네
구멍 지름 역시 구 미터라니, 아홉수에 미련이 많다네.

이 아홉수 구멍으로다가―
분향한 혼불이 만신萬神님 계신 하늘에 닿아
음양이 몸을 바꾸는 천기도 엿볼 수 있다네
동짓날 기나긴 밤 만리장성 놓는 뜻도
하지 기나긴 대낮에 소나기 쏟아지듯 사랑 넘쳐도
빗물 한 방울 들이치지 않는다네,
아~ 글씨,
아홉수 구멍으로다가 천기를 담기엔 안성맞춤이라네

저기, 신라적 경주에 가면 첨성대나 석굴암이 있다네
로마의 판테온 만신전을 배달겨레 손재주로다가
딱― 축소지향으로 가지고 놀작시면―
마침맞게 별자리 모시는 첨성대나,
하늘모양 지붕 삼으신 부처님, 석굴암이 제격이라네.

첨성대가 천기를 엿보려는 쓸모가 아니었겠느냐,
춘하추동을 제 자리에 앉히려던 쓸모가 아니었겠느냐,
혹은, 근본신앙의 자리지킴이 아니겠느냐?
다툼하듯이!

석굴암 바라보이는 바다 밑으로부터
춘분 추분 때를 맞추어 광속으로 오시는 대각견성!
석굴암 본존불 백호白毫에 광속으로 맞추시기만 할작시면
삼라만상 목숨 있는 짓거리들 혈색이 돈다네.

저 로마적 아홉수에 미련 둔 만신전이나,
신라적 사람들이 천기를 염탐하는 둥그스름한 하늘집들이
어쩌면 그리도 쌍을 이루는지,
나그네 시인 천년 타향 객지에서 방언망향가를 부른다네.

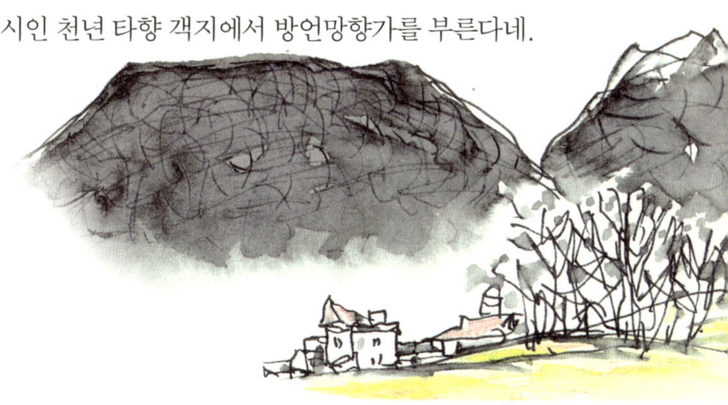

인격신 人格神

― 아, 미켈란젤로!

버트란트 러셀이 그랬을 걸, 아마
이 우주를 지배하는 어떤 보이지 않는 질서의 힘을
신이라 한다면, 그래
그런 신 하나쯤 있어도 밥 먹는데 상관없지!
사람 냄새를 성의로 가린 그런 신 말고, 말고, 말고…
아인슈타인도 그렇다! 고개를 끄덕이며 맞장구를 치며,
흰 수염을 쓰다듬곤 했을 걸, 걸, 걸…
아마도,
그래도 허전한 지붕 꼭대기에 세워두고 싶은 솟대의 새,
같은 아담한 지킴이가 필요하다면,
이를테면
사람의 힘으로는 도대체 가당치도 않은 어여쁜 힘의 사자를
우러러 부를 수 있는 신이
한 분쯤 반드시 있어야 하겠다고 쌩고집을 부리기만 한다면,
그 맨 앞자리에 그가 있음을, 놀랄 수밖에 없어라!
아, 미켈란젤로여!
그의
손끝으로부터 비로소 천지는 문을 열었으니, 그는
인간의 사다리를 타고 올라가서는

하늘의 문을 열어 비로소 창조했으니
신의 이름으로 천상 가장 가까운 곳으로 사람을 끌어올린 이여,
사람 세상에 비로소 미친及 미의 사도여!
그가
세운 교리를 함부로 기적이라 명명하지도 말라, 기적은
천재를 부르는 또 다른 이름의 천치였으리!
미켈란젤로 코드를 치도의 수수께끼로 비틀지도 말라,
왜 사랑하느냐고 묻지 않는 연인들처럼
비밀은, 신이 즐기는
사람사다리 타고 올라가는 극형이었으리!
가장 낮은 자세로 가장 높은 영원을 묻는 이여
그대의 변함없는 교리는 사랑이었으리.

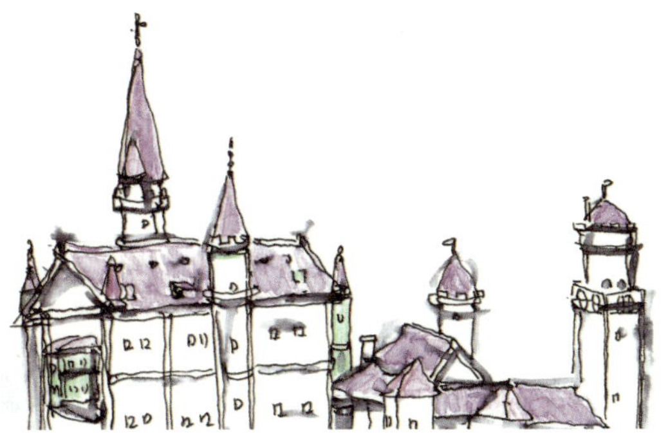

즐거운 시험
— 헤라클레스신전 앞 〈진실의 입〉에 손을 넣다

우리 손녀 분홍공주였으면,
틀림없이 연분홍울음을 한 말은 흘렸을 거야

똥그란 토끼눈으로
달기똥눈물을 뚝뚝 흘리며
거짓을 모르는 일이 이리도 무서운 줄을 서럽게 울었을 거야

밥 먹듯이 비치는 거짓영상
들여 민 손마다 벌꿀을 가득 움켜쥐고 나오는 강부자이야기
단군신화는 오늘도 다시 쓰이는 중이라고,
고소영이 주연하는 방화放火하는 방화邦畵여!

소녀야, 손녀야!
네가 자라서 그레고리 펙의 빈손을 찾는 날

그날의 즐거운 비명을 위하여
돌입 가득 남겨두고 온 당부를 찾아보렴.
동방박사가 남겨둔 참말의 흔적을.

차가운 강물

— 문명이란 이름의 독서

러시아에는
도스토예프스키를 읽은 사람과 읽지 않은 사람으로
나뉜다,
그들 사이에는 검은 바다[黑海]가 가로지른다.

영국에는, 셰익스피어를 읽은 사람과 읽지 않은 사람으로
이탈리아에는, 단테를 읽은 사람과 읽지 않은 사람으로
도이칠란트에는, 괴테를 읽은 사람과 읽지 않은 사람으로
그들 사이
따로 나누면서 서로 엮는다,
중용의 바다[地中海]가—

아하! 유럽을 走車看山하다 보니
나는 비로소 보았다
반도를 가르는 두터운 빙하 어두운 심연을

나의 모국에는
어느 조간을 읽는 사람과 읽지 않는 사람 사이에
사시사찰
차가운 강[寒江]이 얼어붙어 있음을 보았다.

성당길가에 핀 민들레꽃
— 바티칸시국에 입국하려 도열하다

바티칸시국으로 입국하는 길가엔
사람 만국기가 펄럭이다

바벨의 언어들이
만국기처럼 조잘거리며 나부꼈다

앞에는 동부유럽 근처에서 달려왔을 국적 모를
가족에델바이스

옆에는 아프리카에서 배를 타고 왔을
검은장미꽃무더기

또 옆에, 아주 가까운 곁에는
몽골리언유목민들의 낯이 익다

무엇을 보고자, 낯선
이 길가 뙤약볕에 민들레를 피웠을까?

한 나절을 기다려도 피는 것은 잠시,
지는 것은 더 잠시일

인생관문으로 들어가는 길고 오랜 입국행렬

천 년 전에도 꽃이었을 미소가
노란색 봄을 거느린 애잔한 몸매로
입국사증처럼 환하다.

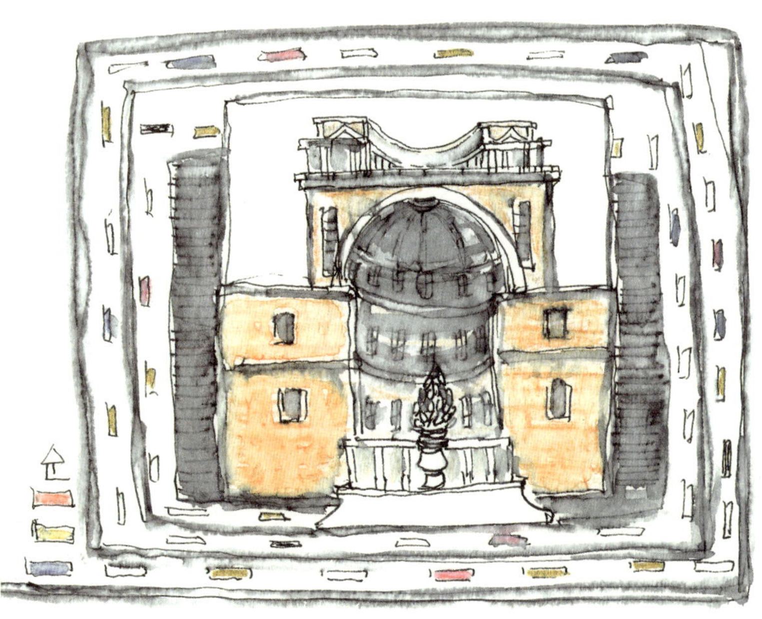

트래비 분수
― 인생이 그렇듯이, 트래비는 삼거리다

삼거리 분수에 동전을 던지다
나그네 인생길 삼거리에 이르다
그녀도 전생엔 오드리가 될 뻔했던가

동전 하나 로마로 다시 돌아온다
동전 둘 사랑하는 사람을 만난다
동전 셋 사랑하는 사람과 결혼한다
모두가 헛물켜지 말라고 부라린 눈으로
트래비 분수는 물을 토해 낸다

현생에 살면서 동전 세 개로 전설을 만든다
동전 하나 로마제국 병사가 아니어서 고맙다
동전 둘 사람은 모두 만날 때마다 사랑이다
동전 셋 사람에게서 사랑이라는 수갑을 차다

분수거리 아이스크림 가게주인만 신났다
아줌마~! 아저씨~! 아이스크림 맛있어요!
크림 맛 끝내줘요! 죽여줘요!
내생에 가면 저들도 세종임금을 만날 것이다

동전 세 개를 던지면 만날 것이다
동전 하나 전생은 돌아갈 수 없다
동전 둘 현생은 짧은 여행이다
동전 셋 내생은 아주 긴 잠이다

오드리 햅번을 닮았을 여심의 삼거리
검은 눈동자 예쁜 사랑이
지그시 건너다보며 말을 건다
삼거리 분수에 동전을 던져요!

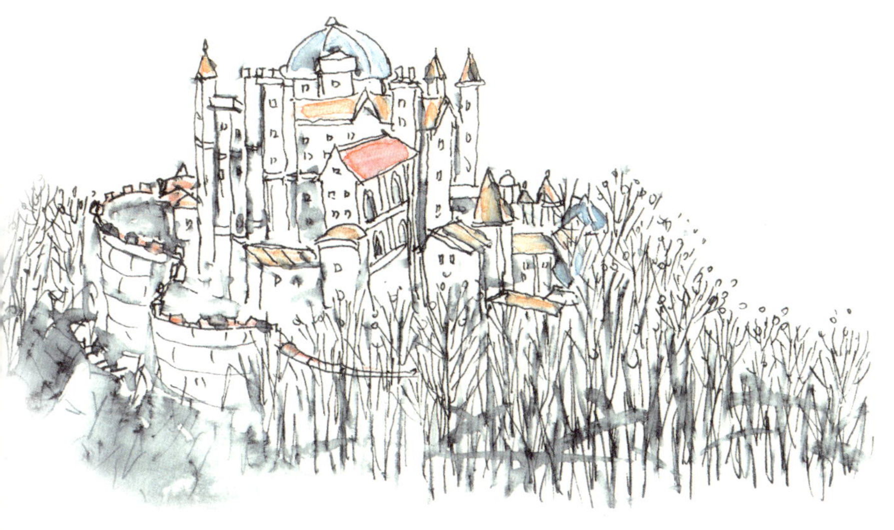

아, 로마!

―〈로마의 소나무〉길을 지나다

신로마 아리스가든호텔에서 머문 저녁
구로마 아침을 향해 출발하다
모든 길은 로마로 통한다고…
앞뒤범퍼가 없이도 스마트한 소형차의 물결
무질서한 거리의 교통체증이 항변하다
로마를 보지 않고서 유럽을 봤다하지 말라
무엇을 볼 것인가?
무너진 성터 복구하지 않는 제국의 야욕
약탈의 증거를 자랑하는 박물의 광장
누구나 노예를 만들 수 있는 전쟁의 신
무엇을 보지 말 것인가?
핏빛 낭자한 콜로세움 원형 경기장의 원형
둥근 모형에도 잠들지 않는 야수
모래밭 경주장에 남은 함성 같은 잡초
브루투스 너마저도 아예 보지 않으리.
로마는 하루아침에 이루어지지 않는다
하루아침에 이루어지는 초가삼간도 없다
우렁각시 사랑도 몇 날은 지나야 들통나거늘
누구의 역사도 아침거리는 아니다
로마의 소나무는 양산이다

싸움꾼들을 차양하는 자비로 소나무를 달랬듯이

싸움마저 달랠 수는 없었던 로마의 소나무

로마의 영광은 영원하다

영원한 것은 영원하다는 말밖에는

그리고 썩지 않는 돌무더기—

돌은 내 편, 물은 내 적이었던 로마의 장군들

썩지 않는 석상들…

세네카가 예언했던가?

재물은 쌓아두면 오물이지만, 널리 쓰이기만 하면 거름이 된다!

널리 쓰여 오물이어도 썩지 않는 핏빛 석조의 도시

아, 로마!

구로마 한낮에 지친 육신을 끌고

신로마 아리스가든호텔로 돌아오다.

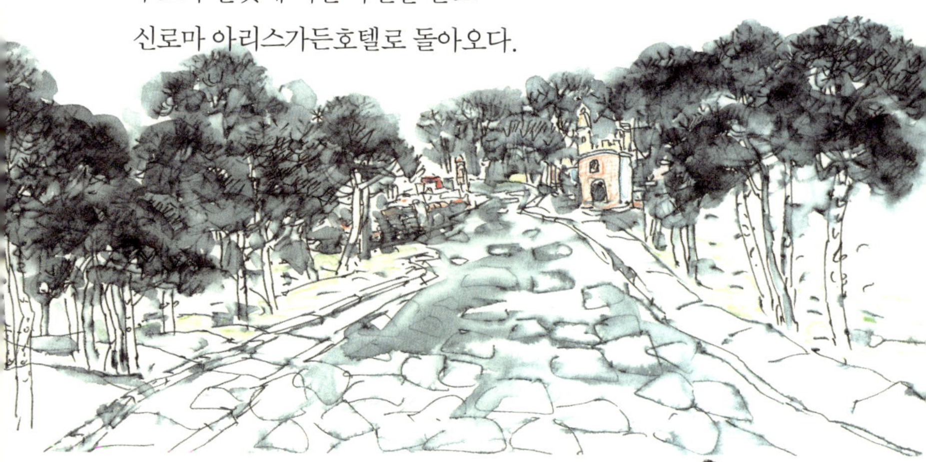

암반도시

— 이탈리아 대평원을 지나다

이탈리아 롬바르디아 초원을 지나다.
평원 저 멀리로 우뚝 솟아 있는 암반도시
후니쿨레어 협괴열차가 아니면 오르지 못할 곳
살았던 천년, 죽어서도 천년!
시간이 멈춘 도시 오르비에토Orvieto,
세월의 풍화를 피해 바위에 새긴 역사

아리랑은 민족의 암반에 세운 백년의 세월
세계의 평원에서 가장 아름다운 선율로
토픽의 암반위에 건축한 영혼
사랑도 절절하면,
천년의 노래가 되는가?
시간이 멈춘 노래 아리랑
협제열차 음정으로 아리랑을 부르다.

지구 반대편은 허공에 뜬 암반도시
성채에 건축한 견고한 사랑마저도
날마다 비상하듯 낙화하는 꿈!

시간이 멈춘 암반도시에서 아리랑을 부르면,
나를 버리고 가시는 임마저 돌아보시게
어디나 사랑을 건축하듯 노래하자,
룸바르디아 평원 너머에 있는 암반사랑.

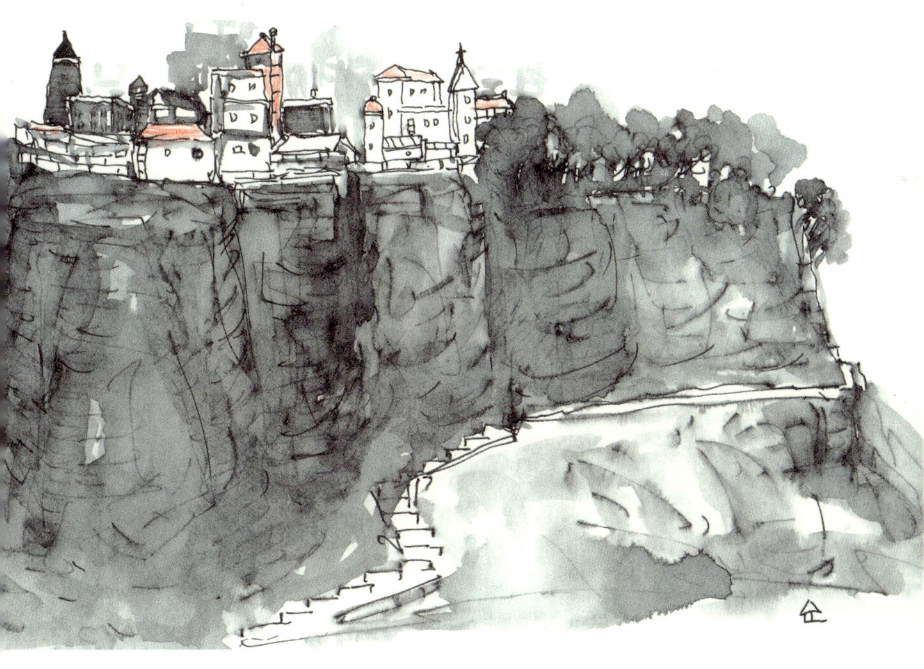

음악 나라의 국경

― 국경을 넘으며

이탈리아에서 도이치란트를 건너오는데요
포도밭도 그대로요
널따란 초원 붉은 지붕들도 이어지는데요
땅바닥에 금그신 것도 그냥 없어요
철조망에 허벌나게 달아논 깡통같은 것도 그냥 없어요
철제 대문에 자물쇠 질러논 것도 그냥 없응께
쇠때도 없는 거시기들이
그냥 멀거니 서서 오며가며 국경놀이를 하는디
그냥 없는 것이 아니더란 말씀이지요, 신기하게요
그래도 있는 국경이 있다면 말이지요
바로 오선지에 실어 놓은 거시기였데요
이미 작고하신 파바로틴가 빅쓰리고인지 열창에
옆자리 마누라쟁이는 공주처럼 잠을 이루지 못하거나
리골레토에 마음을 뺏겨설라믄
아예 여자마음을 찾을 길 없었다는 말씀이지요
히브리 노예들이 따로 있는가요
제길 못 찾고 몰려다니면 노예인 것을
청맹과니 무명시인도 합창을 따라 흥얼거렸으니
그냥 영락없는 구경꺼리노예가 되었다는 말씀이지요
우리네 미륵산만도 훨 못한 구릉이 나타났다 사라지고

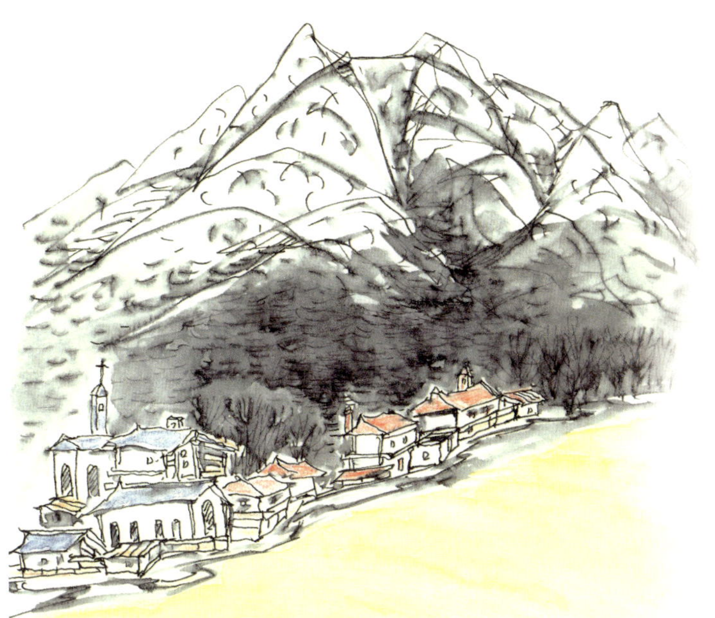

느닷없이 성문앞 우물곁에 보리수 한 그루 발견하고는
아참, 이제야 도이치란트로 건너왔나보다고 어리짐작하는디
귀에 익은 교과서들이 줄줄이 쏟아지는 거예요
소나무는 어데 가도 소나무야 소나무야 데리고 다니고
슈베르트가 이끄는 식솔들이 줄줄이 쏟아져 나오는데
참 미쳐도 즐겁겠다는 말씀이지요
저들 외국종 창가들이 내 영혼의 교과서가 되었다니
저들 신토불이 산천에서 저들의 창가를 귀동냥하는 것이
그냥 거시기하지만은 않더란 말씀이지요
우리네 향수도 들리고
임방울의 목청도 한가락 들릴 때쯤
아하 국경이 따로 있지는 않고
바로 오선지 위에 그셔뒀음을 알았다는
그냥 거시기하더란 말씀이지요.

유럽의 사과 맛
― 유럽의 四大 사과사건

관광버스가 눈 덮인 유럽의 지붕을 이고 달리는데
옆자리의 노부부가 사과를 건네다

그때 마침
스위스의 독립영웅 윌리엄 텔이 서곡을 이끌고
관광버스 안에 위풍당당하게 진군하다
돌아와요 부산항에 이골이 난 이 노부부가 한 말씀
아들의 머리에 얹힌 사과를 맞힌 솜씨라고
귀신 곡할 명궁이라고
그 사과가 이 사과라고 허풍도 잘 분다

목에 걸린 사과가 넘어가지 않자
앞자리의 젊은 신앙인 부부가 간증하신다
하나님의 말씀을 어기고 유혹을 따먹은 형벌로
선조께서 쫓겨나신 증표라고 한 말씀
천국에서 쫓겨난 분풀이라도 하시려는지
노부부가 건넨 사과를 야무지게 박살내시다
아멘~!

신들도 전쟁을 좋아하사
　일찍이 그리스에서는 황금사과 때문에 피박터지는 쌈박질
이 나서
　미녀를 얻은 대가로 아킬레우스 심줄도 끊기고
　파리스 저도 미녀 얻은 대가로 화살 맞아
　죽고, 죽고, 죽고…

　모성결핍으로도 관통한 뉴턴의 운동법칙!
　죽어 런던 거리에 동상으로 서있던 뉴턴의 나무
　그의 사과는 아직 맛도 보지 못했는데
　인정은 만민에게 만유하는 인력인가?

　글쎄, 고국의 소식이라며
　바다에서 중력을 이기지 못한 군함뉴스가 전해지다니
　만년설로 덮인 유럽의 지붕에는 붉은사과 저리 열리고
　관광버스 안에는 운동법칙으로 웅성거림
　익지 않은 사과처럼 무겁게 열리다.

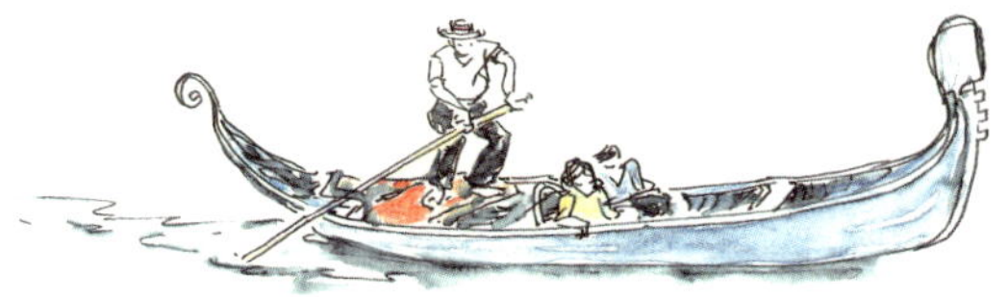

늦기 전에

— 이탈리아, 빛의 안내를 받다

이탈리아에는 늦기 전에 꼭 가봐야 할 곳이 있다
무너지기 전에
—피사의 사탑에
잠기기 전에
—베네치아 수상도시에
폭발하기 전에
—폼페이의 잿더미에

대한민국에는 늦기 전에 꼭 열어봐야 할 국어사전이 있다
무너지기 전에
—싸우지 않는 휴전선에
잠기기 전에
—사대강 수상도시에
폭발하기 전에
—가난한 부자동네에

세계에는 늦기 전에 꼭 물어봐야 할 유적이 있다
철학을 도둑맞고도
—역사로 남은 아테네에

미라를 잊어버리고도
—유적으로 남은 이집트에
백제를 주고도
—이웃나라에 뺨을 맞는 한반도에

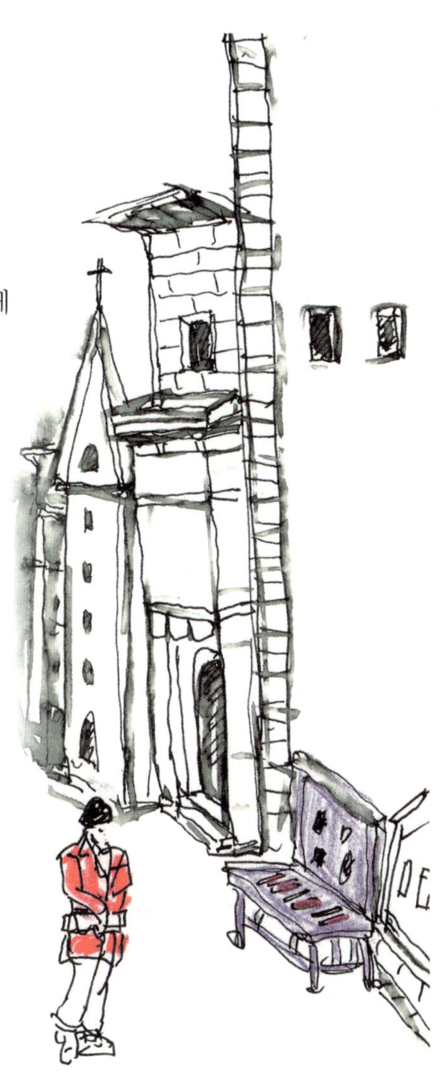

기울기에 대하여
— 이탈리아 피사의 사탑에서

내가 한창시절
사랑의 각도에 대하여 궁금할 때

마침 낙하의 법칙까지 삶아먹거나
진자의 법칙마저 찌개 끓일 수 있게
지구의 중력을 떠나려고 작심하던 때가 있었지.

성공한 연애가 애를 낳을 수 없듯이
실패한 사랑이 가문의 영광일 수 있음을
저 대책 없이 멈춰버린 짝사랑으로
찰칵!

성공한 실패는 역사가 되지 못하고
실패한 성공만이 장사가 되는
정사의 비밀
아니 사랑의 역설

그렇게 궁금한 사랑의 기울기에 대하여
마을은 온통 깃발축제로 답하나니

악사들과 기수들과 그리고 연인들과
마냥 기울어진 채

서로 끌어안고 붙잡은 남녀의 각도에서
자빠뜨리려 할수록
무너지지 않는 비스듬한 비밀을 엿보다
찰칵!

사랑이라는 이름의 기울기

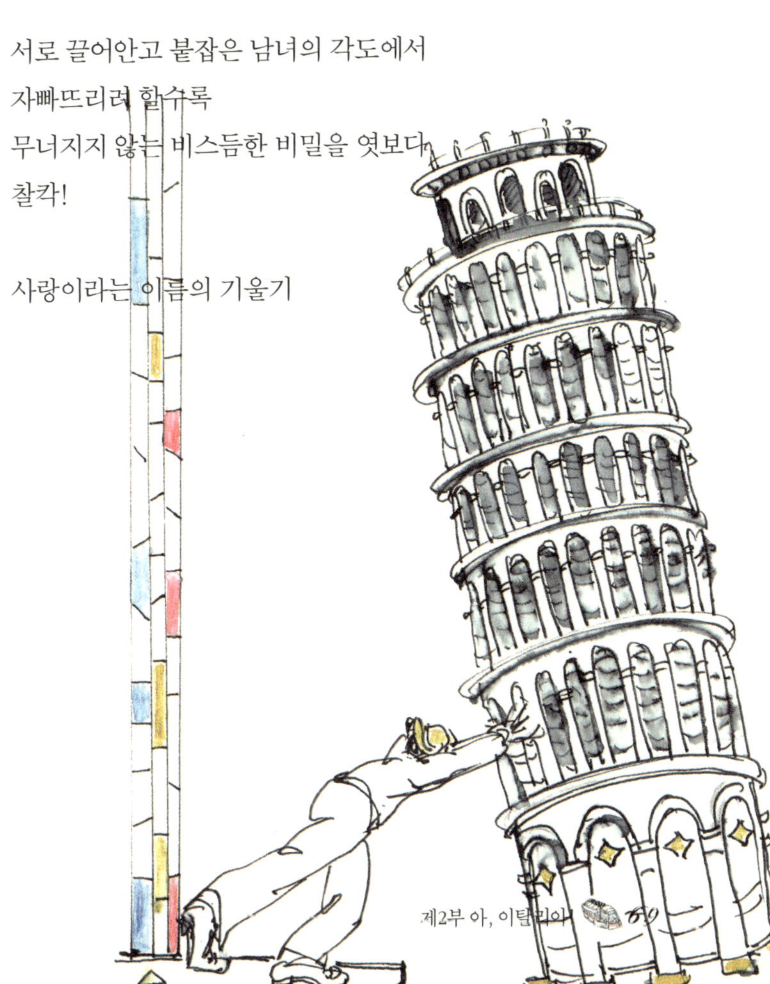

대성당의 건축법
— 밀라노 〈두오모대성당〉 앞에서

이탈리아 밀라노 두오모대성당은 곁문으로 사제들을 낳는다
광장이 있는 정문은 알아들어도 그만인 정치열변을 낳고
밤의 청중들은 이따금 유성처럼 박수를 보낸다
광장을 비추는 가로등은 헌다이—Hyundai 자동차도 비추고
깃발 아래 모여 있는 구경꾼도 비춘다
이들 열 명 중 여덟 명은 나그네이고
— 누가 세어봤나, 성당옆구리로 낳는 신부처럼
이들 열 명 중 한 명은 소매치기이고
— 누가 물어봤나, 가방 조심하라는 경고판처럼
이들 열 명 중 한 명은 경찰관이고
— 누가 신분증 확인했나, 잡히지 않는 범죄율처럼
대성당은 육 백 년도 잠깐으로 돌을 세웠다
조카레— 이탈리아식으로 인생은 즐거워라
석조 벽면에 수 세기를 구경하는 인생을 세우다
만자레— 이탈리아식으로 먹고 놀자
파스타 국수가닥 같은 긴 식사시간도 세우다
아모레— 이탈리아식으로 사랑해요
아모레 아모레 아모레 미오
오 솔레 미오

대성당 광장에서 밤의 태양을 부르노라면
육백년도 잠깐인 듯 무너지지 않는 돌사랑
아직도 일어서고 있는 밀라노 두오모대성당
고령의 청년 앞에서 기념사진을 박노라면
젊은 노년들도 시간의 추억을 회춘할 수 있으리
한 육백년 돌처럼 일어설 수 있으리

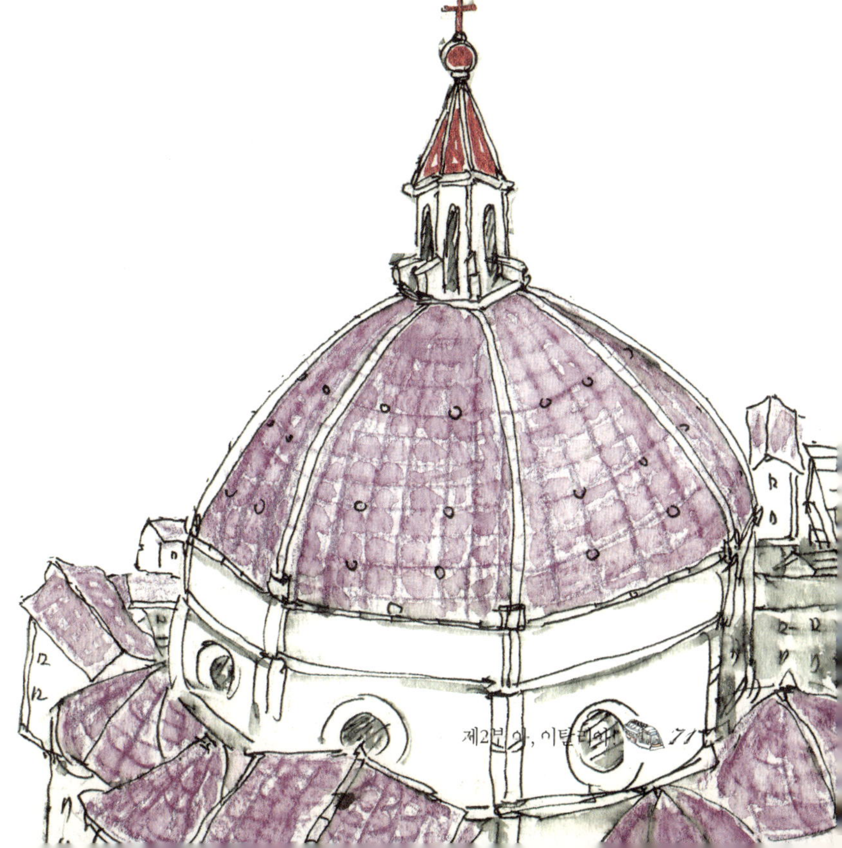

묵언默言

— 이탈리아 독법

이탈리아에 한번 오라

책 열 권은 쓸 수 있다

— 대한민국에한번오면붉은십자가만보고간다

이탈리아에 열 번 오라

단 한 줄의 글만 쓸 수 있다

— 대한민국에열번오가면삼승간판만보고간다

이탈이아에 한 스무 번쯤 오라

할 말을 잃는다

— 대한민국에한스무번쯤다녀가면역시할말을잃는다

제3부 쉼표, 스위스

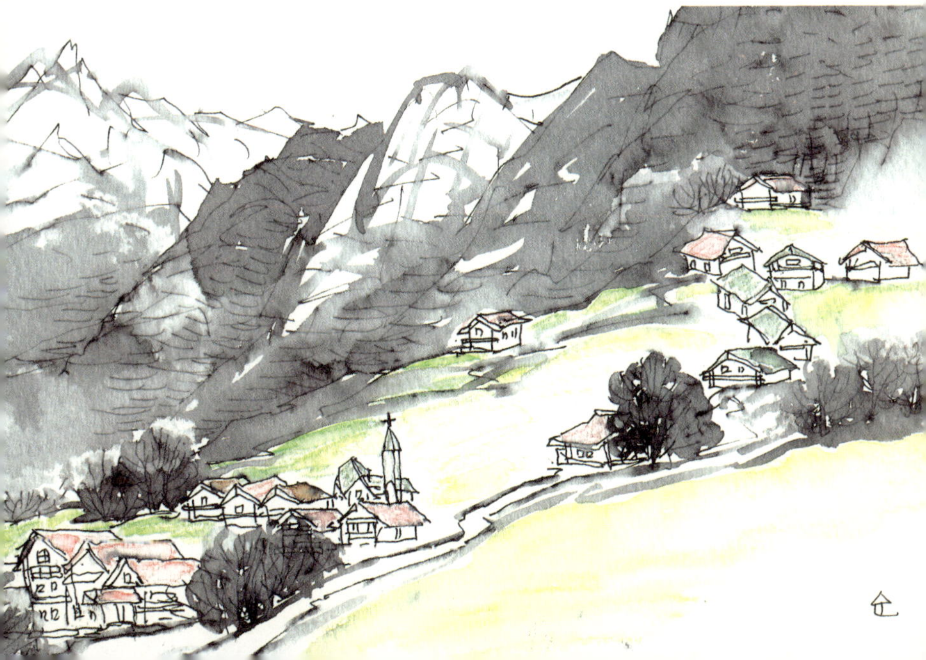

산의 셈법

— 국경을 허무는 유럽연합

모든 산들은 나누어서 가진다
능선이 남북을 포옹하여 새들에게 길을 내주듯이
동서를 공유하여 해와 달을 놓듯이
모든 산들은 끌어안으면서 밀어내는가
알프스를 지나다 보면 열린다

나랏말쏨이 다르고
문즈와로 서르 사맛디 아니할지라도
저들은 대문을 열고 가슴마저 열어제켰느니

백두의 영감들이 내내 불침번을 서는 나라
산의 셈법으로 가면
비로소 사라진 자리에 세운
국경 사랑

백두대간을 미끄럼 타듯 알프스에 오르면 보인다
국경마저 사랑하는 저들의 셈법으로
자꾸만 방언을 만드는 나라
바리사이파들의 신조어가 들린다
우리가 남이가?!

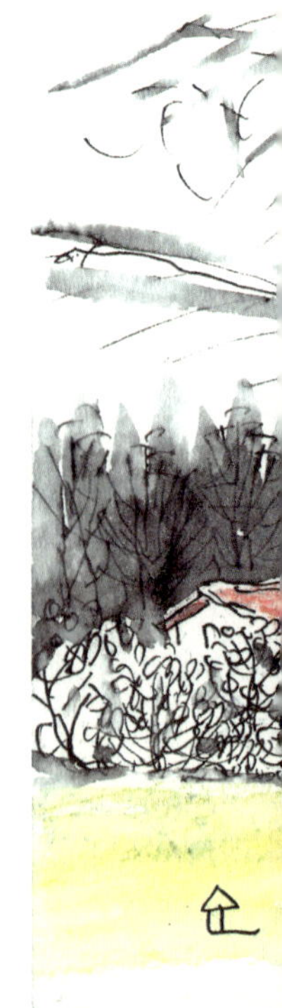

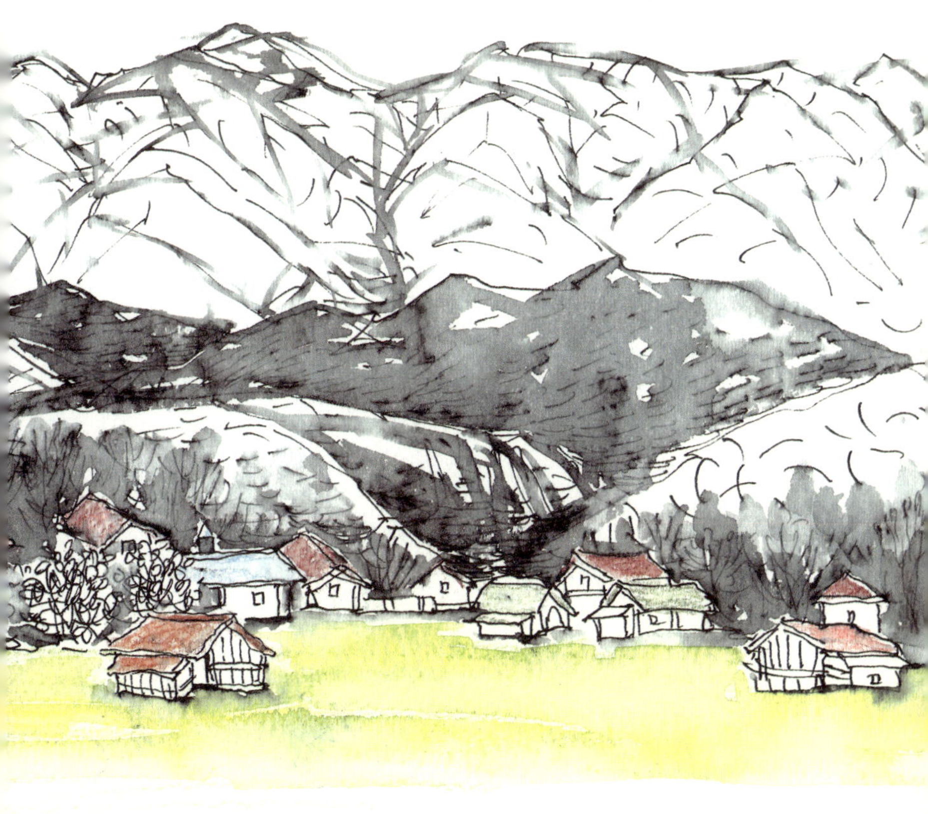

빙산
― 수직 엘리베이터를 타다

수직 팔십 미터를 고속으로 엘리베이터 하노라면
무거운 인생 가볍게 논한다는 것이
바벨탑 쌓는 부질없는 짓거리인가?

얼음물에 보리밥 말아 풋고추 찍어먹는 짓거리인가
사천 미터 턱밑
이상을 챙길 사이도 없이 육감이 먼저 도달하다.

제 하늘은 발밑에서 사납게 폭풍우로 맴을 돌고
우아한 인생 품격 높은 모자도 날아가 버리다

다만
더 오를 수 없는 하늘에 닿자
뜨겁게 빙벽을 뚫는 그리운 깃털 하나
지구 반대편까지 이르는 열기 있어
내려갈 줄 모르는다

만년설 얼음층을 뚫고도

순간 이동하는 화살이 있어 닿다
온대지방의 그대에게

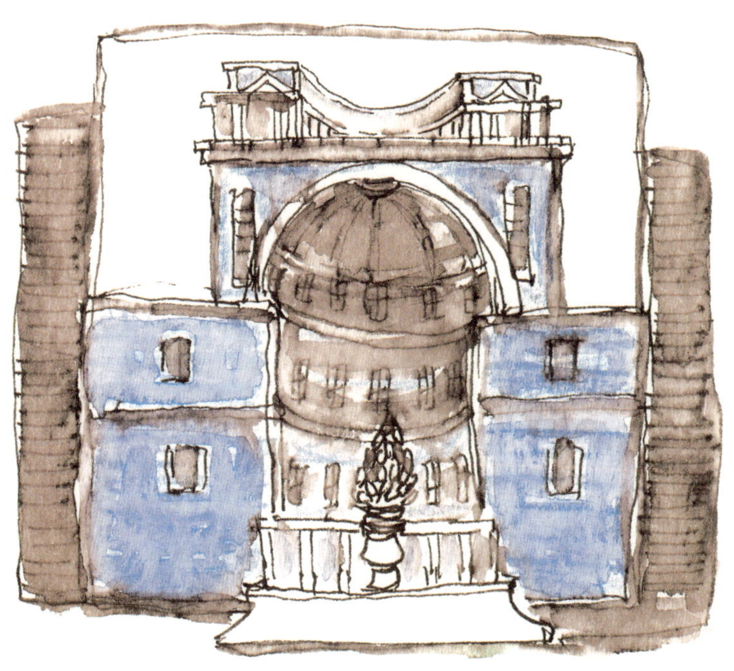

스위스의 공무원
— 스위스의 자연풍광을 바람하다

스위스에서는 소들도 연금을 받는다
지위 낮은 소들은 2천미터급에서 잔디를 깎거나
직급 높은 우공들은 3천미터급에서 스키를 탄다

그도 저도 아닌 퇴직한 젖소들도 연금을 탄다
부끄럽지 않은 햇살마저 함박눈처럼 나리고
두터운 호흡마저 빙벽으로 서 있는 곳
저들은 만년설 모성으로 스스로 한가롭다

더러는 어쩌다가 양떼들도 시위를 하지만
고개를 들 줄 모르는 식사로 분주하다보니
의경들 방패 따위에는 상관도 하지 않으며
그저 묵묵히 저들의 공무를 수행할 뿐이다

하늘도 구름도 산들도 마을도 집들도
심지어 키만 자라느라 분주한 침엽수들도
한계수림 안에서 산소를 만드는 공무수행
모두가 연금을 받는 스위스 공무원이다
퇴직 허가 받지 않으면 물러날 수도 없는

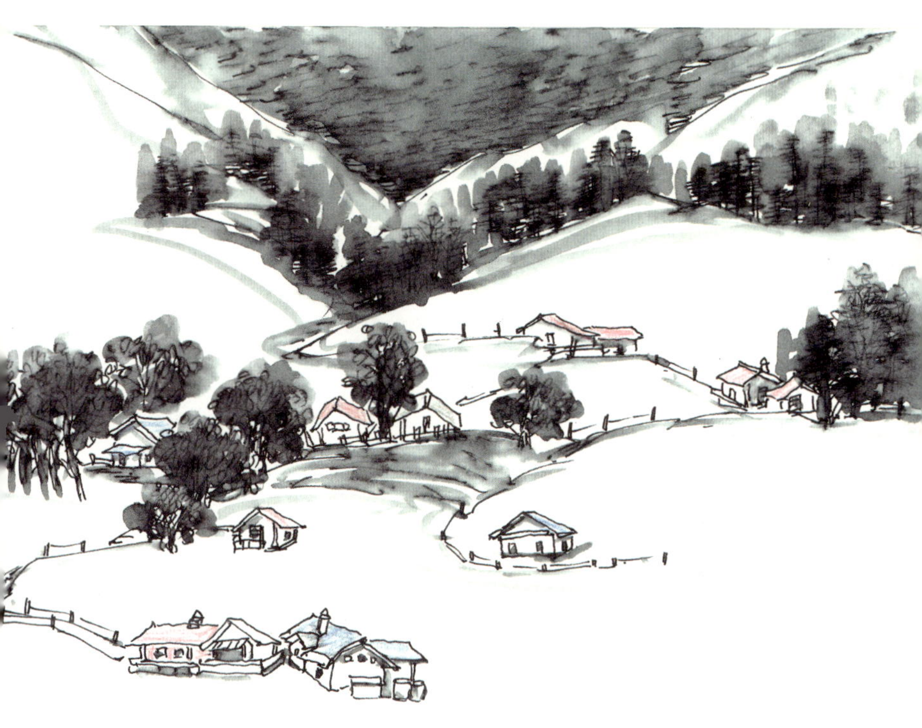

아침산이 깨어나고
— 스위스 Baumgarten Hotel에서

이천 미터가 창문을 열자
모닝콜에도 냉기가 돌다

낮은 현기증,
누더기 육신도 부스스 일어서다

따뜻한 온대지방의 아침
어디쯤에서 안녕을 발신할까?

삼천 미터급 고봉에서 길을 잃었을까,
아니면
그보다 높은 구름 속에서 커브하고 있을까?

시간들은 그리운 만년설로 장수하거나
외로운 초원에서 고요하고 한가롭다

깨어나자, 비로소
차가운 미덕으로 안아주는 산

구름마저 일상의 악수가 되는구나
지구의 창문

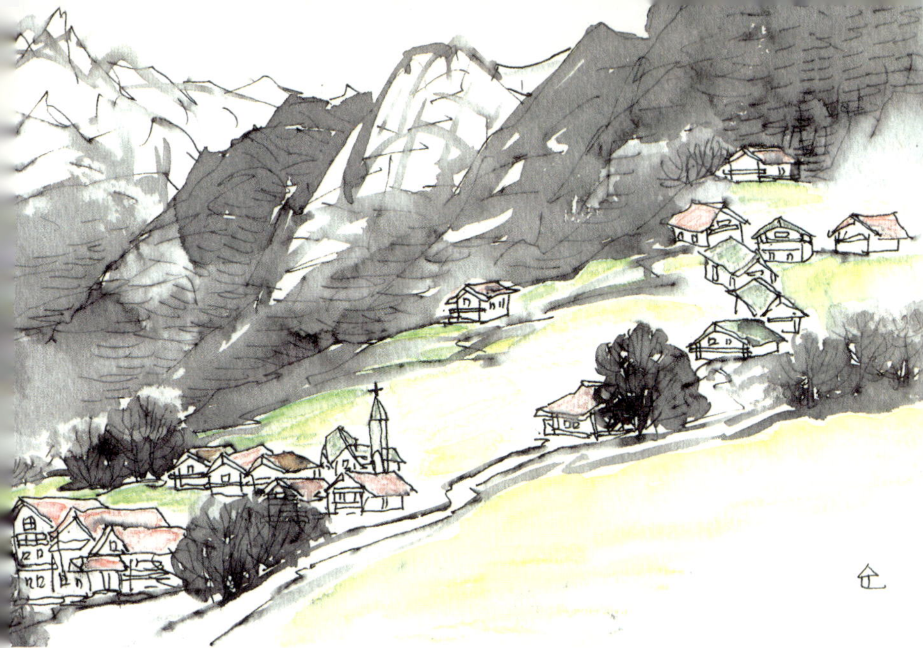

또는 두렵지 않아서 친근한 평민

날마다 겸손한 높이로
모닝콜을 받는다면
다비茶毘하지 못할 문맹이 어디 없으리,
득도하지 못할 선지식 어디 없으리!

아무리 발돋움해도 열 수 없는 해발
저 무지한 포구를 떠난 나의 방황이여!

언제쯤이나
삐걱거리는 나무계단을 자랑하는 낡은 여인숙

손때 묻은 방명록에 무명한 사인하는 시심,
내 인생 일기장에 종착 시간을 예약할 수 있을까?

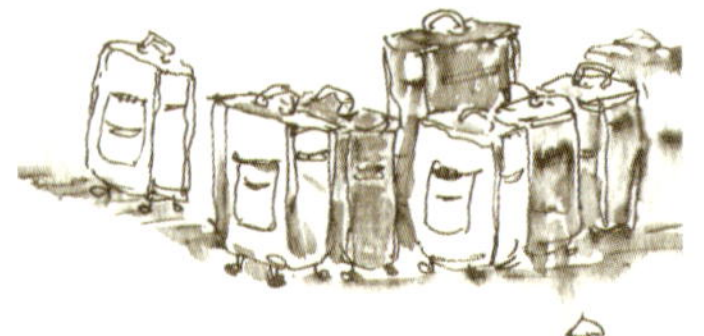

제4부 파리의 뒷골목

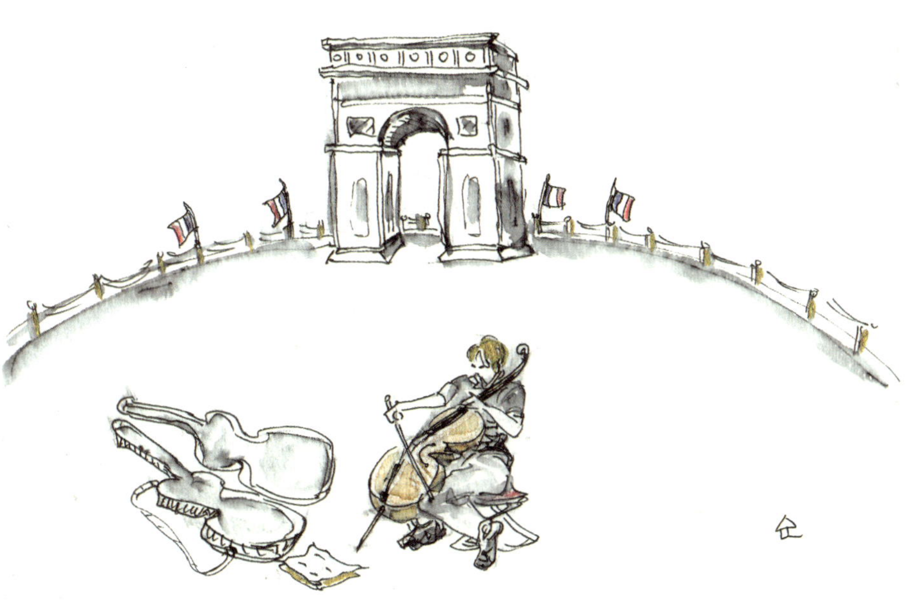

노블리스 오블리즈

— 로댕박물관 〈카레의 시민상〉 앞에서

무궁화를 무궁화답게 하는 것은
무궁화 그 자신이다.

시든 장미가 초라한 것 역시
장미 그 자신일 뿐이다.

그들은 석가모니의 제자였거나
혹은 예수의 수하였으리.

나고 늙고 병든 다음이 아니라
나고 살고 스스로 죽음을 청탁한 이여,
성자여!

형제의 가슴에 총을 겨누는 일상에서 온 동방박사
도무지 끄을려 가는 원수의 노예가 아니라
청사青史를 끄을고 가는 자신의 노예가 되신 이여,
눈부시구나!

이리 먼 길을 찾아온 나그네여
그대, 눈부시게 목격하는 처형의 실상에서
시든 무궁화의 낙화를 만나게 될 줄이야!

대답 없는 질문
― 로댕박물관 〈지옥의 문〉 앞에서

보낸 이는
보낸 이유는
보낸 기간조차 명시되지 않은 불량택배

프랑스로댕박물관나무그늘벤치에앉아서
생각하는사람의어깨에얹어두었던질문이
지구를돌고돌아서나보다먼저내책상머리
수취인없는빈집에앉아서고민하고있구나

누가 나를 보냈을까
언제 나를 찾아갈까
어디로 나를 데려갈까

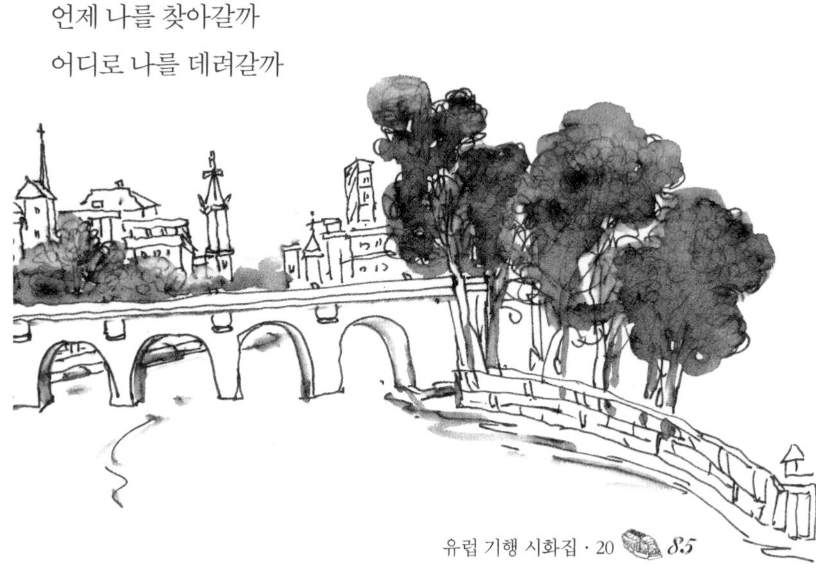

지옥의 문

— 로댕의 〈생각하는 사람〉에게

나는 돌이다

나를 이름하지 말라

나는 있는 대로 돌이다

나를 부르지 말라

나는 통해서가 아니다

나는 나로서 돌이다

나를 입히지 말라

나는 더해서가 아니다

나는 벗음으로 있다

나는 무엇도 아니다

나는 벗김으로써 입는다

나를 세우지 말라

나는 깃발이 아니다

나는 깃대이다

나는 깃발을 내릴 때다

나를 먹이지 말라

나는 입이 아니다

나는 존재가 아니다

나는 비존재를 낳는다

나를 확정하지 말라
나는 처음이자 끝이다
나는 가벼운 청동이다
나는 무거운 깃털이다
나는 꿈꾸지 않는다
나는 문 없는 집이다
나는 열린 침묵이다
나는 보는 어둠이다
나를 이름하지 말라
나는 돌의 돌이다

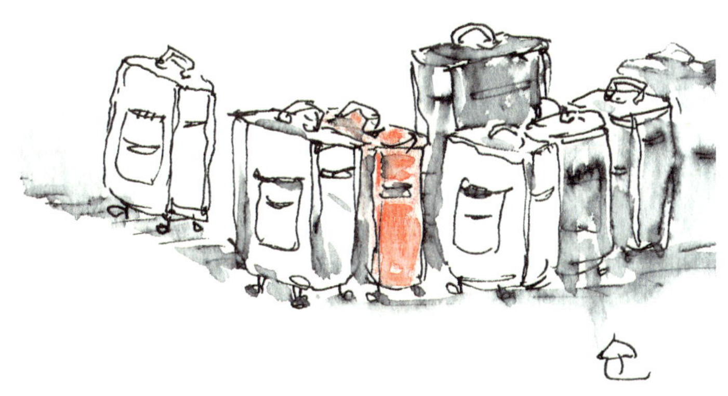

똘레랑스*

　파리의 지하차도를 지나기 전 가이드는 눈만 달린 관광객에게 인도주의로 가는 길과 휴머니즘 발음법에 관하여 침을 튀겼다. 그때 리무진 버스는 파리의 지하차도를 지나고 있었다. 이곳이 바로 그 불운한 왕비가 숨을 거둔 곳이라며, 불행한 삶과 행복한 죽음에 대해서 일가견을 피력했다. 불행이 죽음과 만나거나 행운이 삶과 만나야 제격이겠지만 흙을 밟고 가는 인도와 구름 위를 걷는 왕도는 다를 것이라며 눈만 가진 사람 뇌파를 자극하노라니—

　별이 네 개나 달린 선진국 여관방이 말비가 새는 새둥지일 줄은 꿈에도 몰랐으리. 한보따리로 묶인 새떼들 중에 바로 옆 둥지에 목청 높은 곳에 서식하는 까마귀들이 지저귀는 소리가 여우에게 속삭이는 이솝의 까마귀일 줄이야. 옆 둥지에 임시로 둥지를 튼 목소리마저 힘을 잃은 참새가 듣기 싫어도 들리는 까마귀들의 경연이 어떻게 들렸으리. 대중을 잃은 대중을 쪼으거나 죽음을 헌납한 제 고향 텃새마저 즐겁게 먹어치우는 소음이라니—

　파리의 유학생 출신 가이드가 들려주던 똘레랑스인가 똘방진소린가에 용기를 얻어 간밤의 간담 서늘했던 불쾌를 방담 좋

아하는 프랑스사람들 식탁 메뉴로 차려놓았다. 그러고 보니 노
천 까페 메뉴로는 그럴싸했는데, 말씀인즉 제 가슴 파먹는 새
들의 부리에도 그저 가슴을 열고 먹이로 통째 내어주어야 제대
로 용서를 사는 것이라며, 까마귀들 제 소음에 제 먹이 잃는 것
쯤이야 똘레랑스 강물에 던져두고 그저 바라보면 되는 것 아니
겠느냐며, 먼 나라 떠돌이하다 보면 그렇게 사람의 길 아는 것
아니겠느냐며 히죽거리느니—

　＊똘레랑스(tolerance): 프랑스어로 다른 사람이 생각하고 행동하는 방식
의 자유 및 다른 사람의 정치적, 종교적 의견의 자유에 대한 존중을 뜻함.
상대방의 정치적 의견이나 사상, 이념 등을 존중하여 자신의 사상, 이념도
인정받음. 특별한 상황에서 허용되는 자유를 뜻하기도 함. 원래는 허용 오
차를 뜻하는 공학 용어였으나 사회현상에까지 적용하여 '특별한—자유' 라
는 뜻으로 그 의미가 확대됨. 예를 들자면 프랑스 인들이 거리 아무 곳에나
쓰레기를 버리지만, 청소부들이 실업자가 되지 않으려면 자신들이 이렇게
해야 된다고 생각하는 이들이 바로 똘레랑스 사회에 사는 프랑스인들임.

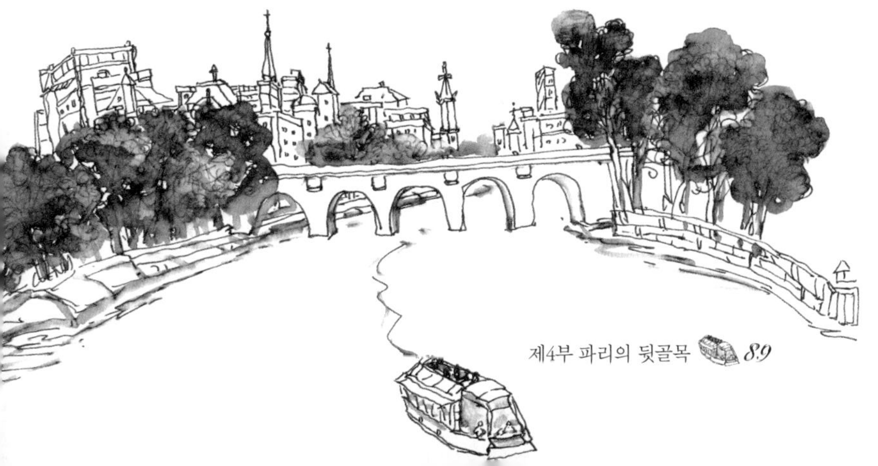

마르세유궁전 대리석 계단에서

― 왕궁에서 흙발로 쉬다

나는 보았네
제국을 무너뜨리는 크로노스* 핵무기를

소풍가듯 나들이하는 크로노스 발걸음을
나는 읽었네

우윳빛 대리석이 부드러운 자비가 아니듯이
따뜻한 칼에서 차가운 은혜가 나오지 않듯이

후회할 줄 모르는 철옹성을 미이라로 만드는
도시락을 비운 카이로스* 신발들

무너지며 바로서고,
허물어지며 새로워지는 낡은 권위여!

나는 보았네
대리석계단을 뛰어내리는 카이로스 말발굽을

*크로노스 chronos: 객관적 물리적 의미의 시간
*카이로스 kairos: 주관적 감정적 의미의 시간

황금률

― 비너스를 보다

루브르박물관에서
눈에 익은 그녀를 보다

돌옷을 입은 채 숨을 쉬는
밀로의 비너스

정신과 감성이
봄에도 짝을 찾지 않는 새
겨울에도 매화향을 팔지 않는 나무

투명한 무지는
때로
만리를 가기도 하더라

따뜻한 아침
눈에 익은 그녀를 만나다

파리지앵이 되는 길

— 파리 시내 투어 1

누구나 구름과자를 먹어라
—요람에서 무덤까지 자신을 돌보는 납세다

거리를 보행하며 담배를 피워라
—후진한 인민을 관광시키는 선진의 유행이다

담배꽁초를 마구 버려라
—환경미화원에게 급료를 주는 선행이다

교통신호를 적당히 지켜라
—신호는 비인간의 것, 인간은 생각대로 살뿐이다

외식을 즐겨라
—침묵은 등외, 묵언은 낙제, 인류는 대화만 먹고 산다

노천카페를 지불하라
—실내식은1원, 실내입식은1.5원, 노천처마밑식은2원을 허하라

마담은 귀하다
—티켓다방 레지 부르듯이 부를수록 귀하다

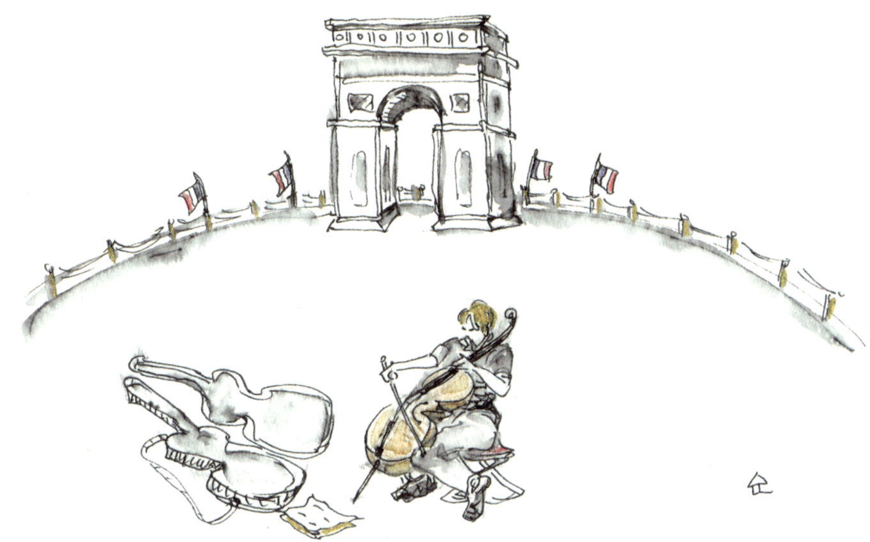

인도에서 자주 길을 잃어라
―온몸으로 등대인 에펠이 길을 밝힌다

세느강을 서른일곱번은 건너라
―다리는 다리로 이어지는 인생이다

파업은 사회주의 권리다
―생존의 유일한 도구는 자신을 죽이는 일이다

장물을 장식하라
―식민의 치욕은 더럽혀지지 않는 역사다

제국을 경배하라
―무치의 제왕은 인민의 식욕에 답한다

모파상의 식사

생전에
에펠탑을 징그럽게도 혐오했던
모파상

에펠탑전망대식당에서식사하다들켰다
선생님 어찌 여기에서 식사하십니까?

에펠탑이 보이지 않는 단 한 곳이 어딘지 아시오?

나를 징그럽게도 싫어한
나—
나는 항상 나하고만 논다

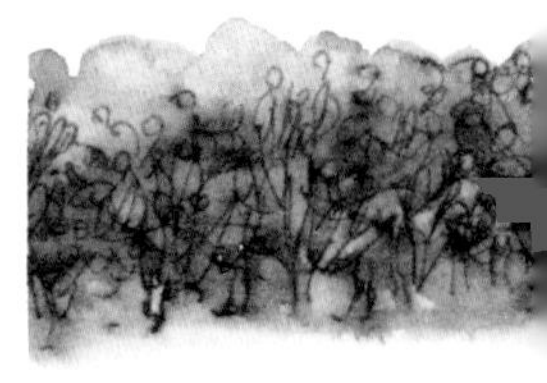

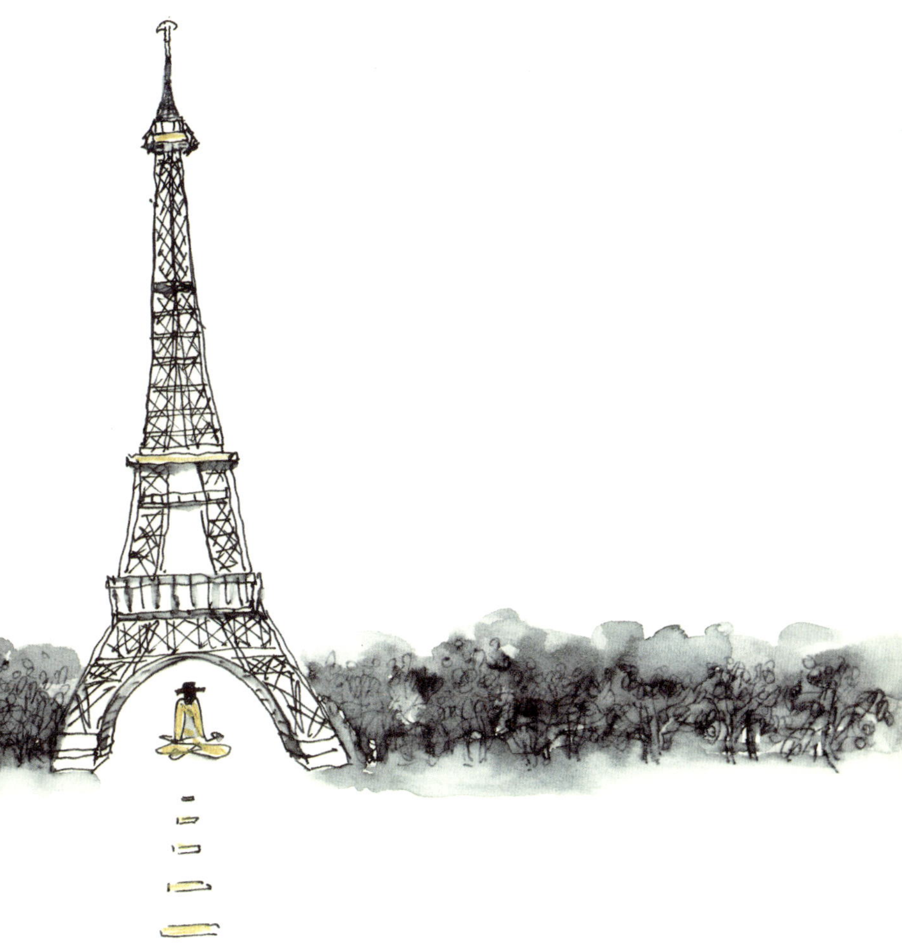

루브르박물관에서 화집을 사다
— 교과서들의 무덤

참 촌놈이 따로 없지
나폴레옹 황제즉위식을 그려낸 다비드에게 압도되다니
그러고도,
한국어로 출판해준 루브르의 상술에 감동 먹어
덜컥 루브르 궁전을 통째로 들여놓다니!
참 한심한 투기꾼이 따로 없지
평생 땅 한 평 장만할 축재도 못한 주제에
어쩌자고 그 무거운 석조건물을 매입했을까
그리 들여놓고 보면 제 살림이 될 줄 알았을까
참 촌놈이 따로 없지!
황금빛이 천장을 꿰뚫는 다비드 좀 건너편에는
참수당한 인민의 목이 피를 토하다니
생소한 시선
겨우 십호 남짓한 오막살이에도 시선이 닿다니
고대광실 꿈이라야 비할 바가 아닌 이국에서
피를 토하듯 제국의 꿈을 꾸짖으려 하다니
참 어처구니없기가 따로 없지!
천장에도 기둥에도, 벽면 안팎에도
시간은 그저 무거운 꿈을 조각한 채

백년 인생,
천년의 빛으로 가두어 둔 곳
누구에게나 그리 값싸지 않은 상술로
석조건물 만년 왕국을 매입하려 하다니
참 한심한 촌놈이 따로 없지!

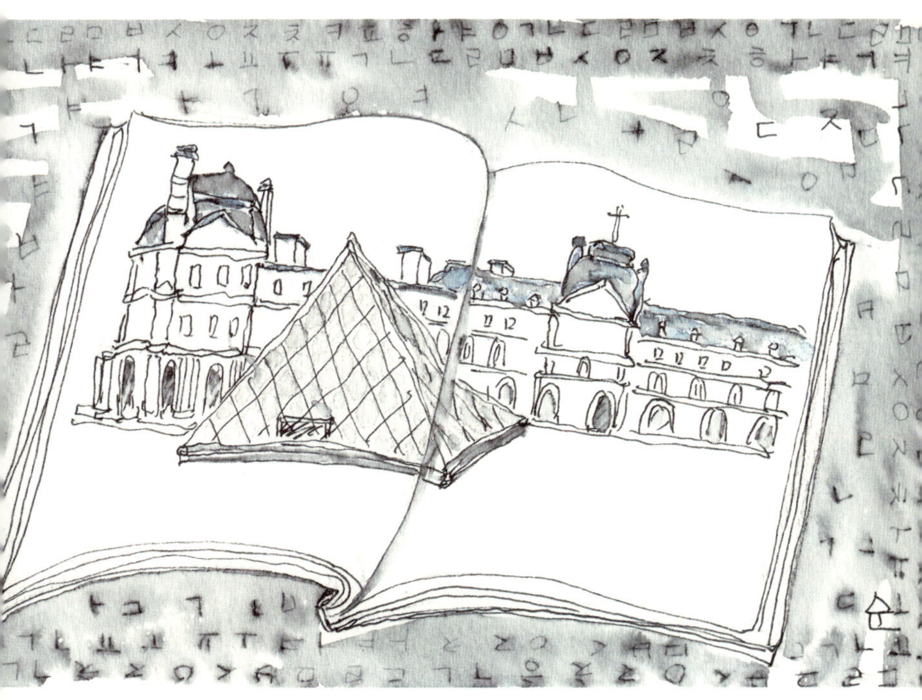

달팽이요리

― 파리의 친한파_{親韓派} 요리장

파리 뒷골목 요릿집에서 애국을 먹다
좁은 나무계단 몸을 비틀고 오르면
태극기가 일장기 오성홍기 삼색기와 함께
다정하게 어깨를 겯고 내려다보는 식당
국기들처럼 정답게 어울린 달팽이 여섯 마리
올리브유에 몸을 단장하고 대령한다
그럴 듯한 이국풍미도 풍미지만
그보다 더 맛있는 요리는 젊은 파리지앵
눈만 큰 내 동생 전쟁둥이처럼
얼굴 퀭한 눈 깜박이며 농을 건넨다
실실 웃는 얼굴로 한 마디씩 양념을 친다
어머머~ 아줌마, 아저씨! 어쩌고 하더니
느닷없이 월드컵을 하잔다
도또는~?(한국관광객꿀먹은벙어리)
또한번왜장치듯―독또는!?(그때서야꿀을닦고박장대소하
다)
　~한국땅!
대마도도~? ~한국땅!
파리도~? ~한국땅!

때~하미국~! 짝짝~짝,짝,짝!
주는 김에 몽땅 퍼주겠다는 것인지
유로 통합하듯 유라시아도 통합하라는 것인지
아니면 축구 한번 제대로 겨뤄 보자는 것인지
노동마저 즐거운 파리지앵 양념 맛에
달팽이 여섯 마리 이 사이로 숨어 달아나다
애국도 이국풍미처럼 즐거운 맛을 낼 수 있다면
세계는 하나로 통합되어 달팽이를 국조로
사분의사박자응원가를 국가로 부르겠지

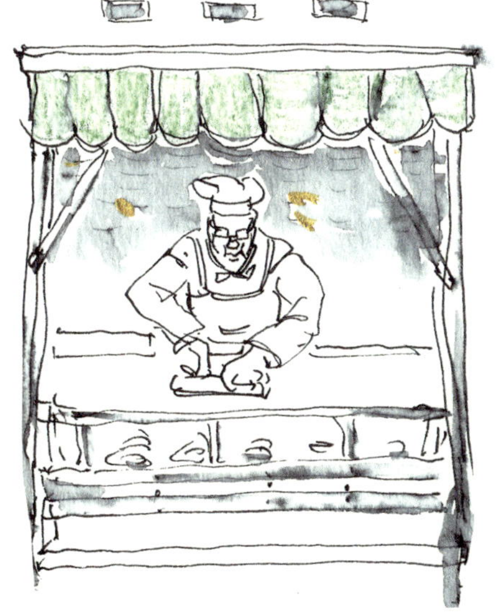

영·불·독 공동선언문

불어를 쓰는 법국法國 프랑스 파리에도
영어를 쓰는 영국英國 잉글랜드 런던에도
독어를 쓰는 독일獨逸 도이치 베를린에도
똑 같이 나붙은 영불독 공동선언문이 있다

Notice! pickpocket!
하얀실루엣을빨간손이염탐하는그림문자와함께
Notice! pickpocket!

법보다 눈치 빠른 이민들이 설치는 나라
꽃다운 예의보다 발 빠른 유민들이 나대는 나라
저 홀로 고상해도 유색인 혼혈인이 몽니부리는 나라

천당문 가까운 성당석조건물 계단
무릎 꿇고 앉아 지옥문을 지키는 집시
혹은 백의의 천사

잃은 것 없어 괜히 미안한 흑발의 동양인은
자발적으로 눈치를 털어 헌금하듯
주머니를 뒤져 유로화로 화해를 청하다

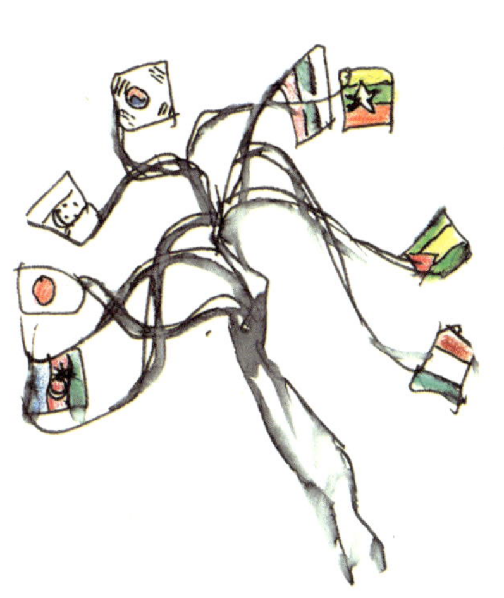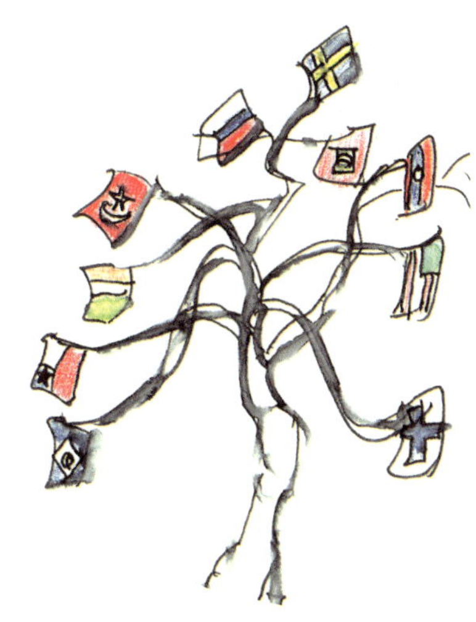

늙은 주방장

― 파리 중앙역 부근의 뒷골목에서

파리 시내 북역北驛
알맞게 냄새를 입은 뒷골목
늦은 시간에 끌려나온 총기
생기 잃은 몇 점 푸성귀
빈지문을 여는 빈약한 열쇠
허리 굽어 들어가지 않는 자물쇠
잘 들어맞지 않는 비밀번호
주민번호 앞자리보다 더 굽은 주방장
유행가 한 곡을 들을만한 알맞은 시간
언뜻 조촐해 보이는 가게 안
두 세 개의 허름한 식탁
혹은 사시사철 단골 메뉴
진열장에 팔다 남은 몇 가지 허기
가게 문을 열자 들려오는 가요
흘러간 옛 노래 인기 잃은 유행가
인생은 나그네길 값이 싼 하숙생
혹은 에디뜨 삐아프
전통가요마저 낯선 이국땅
백일몽을 깨는 파란 신호등

산산이 부서진 이름이여, 얼굴
이여, 허리 굽은 사랑
이여, 사무치는 그리움

여기는 낯선 이방인에게도
화장하지 않은 얼굴을 보이는
파리 뒷골목

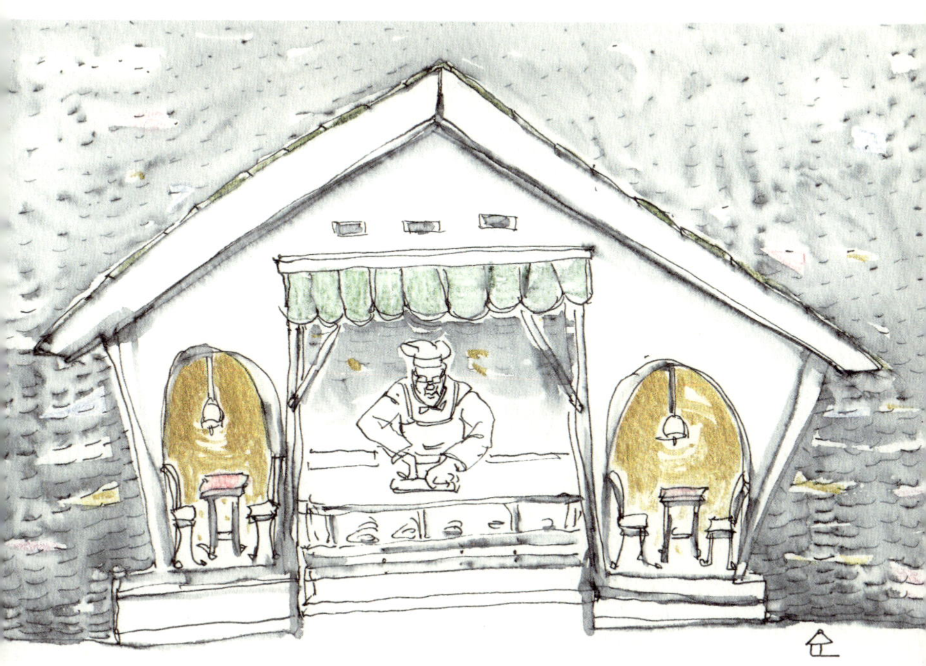

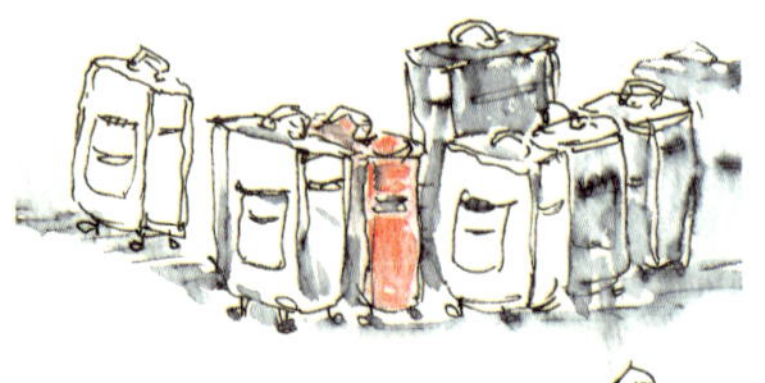

제5부 영국을 향하여

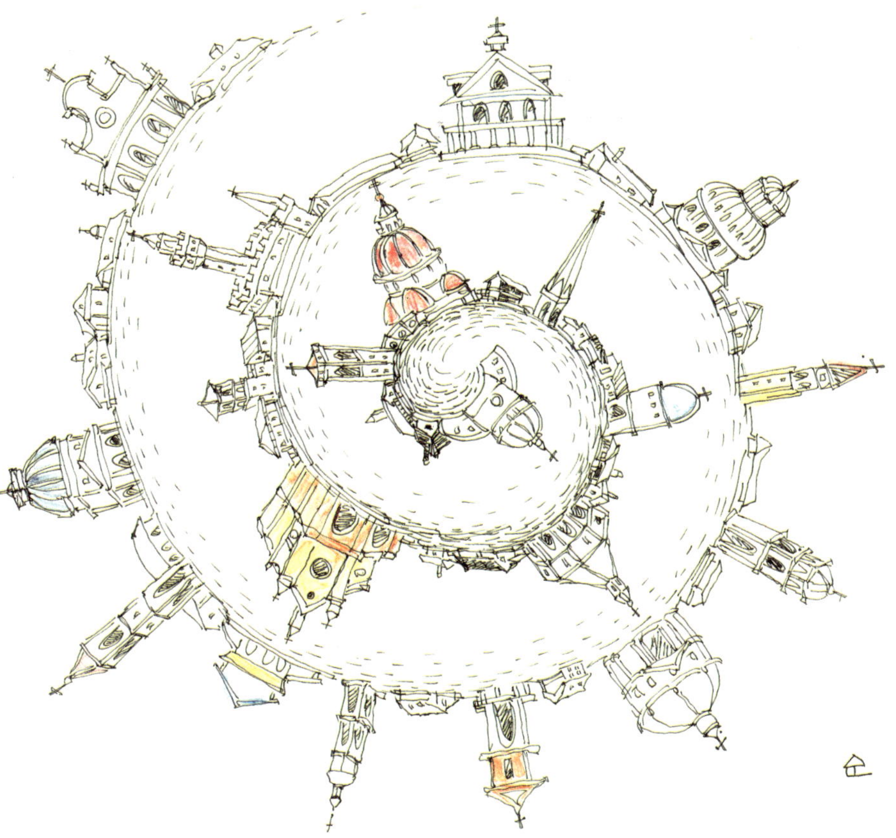

세계世界

― 런던 하늘을 수놓는 비행기 무리

런던 하늘은 비행기밭이다
시간의 침상
그리니치천문대는 잠자리운동장이다

달리는 고속버스 닫힌 창문으로 들어오거나
잠시 머물러 내려앉을 곳을 찾아 두리번거리거나
나그네에게 게으른 사유를 허락하는
새들의 나라다

손가락을 들어 비상飛翔을 가리키는
동양의 선지식이여
보라는 달을 찾아내지 못하고
손가락만 쳐다보다니
그대 안의 시인이여

인간의 지붕으로 날아 앉는 잠자리
하룻밤 잠자리를 찾는가?
게으른 나그네여

새들의 조깅으로 조용하게 분주하다
런던 하늘은 잠자리운동장이다

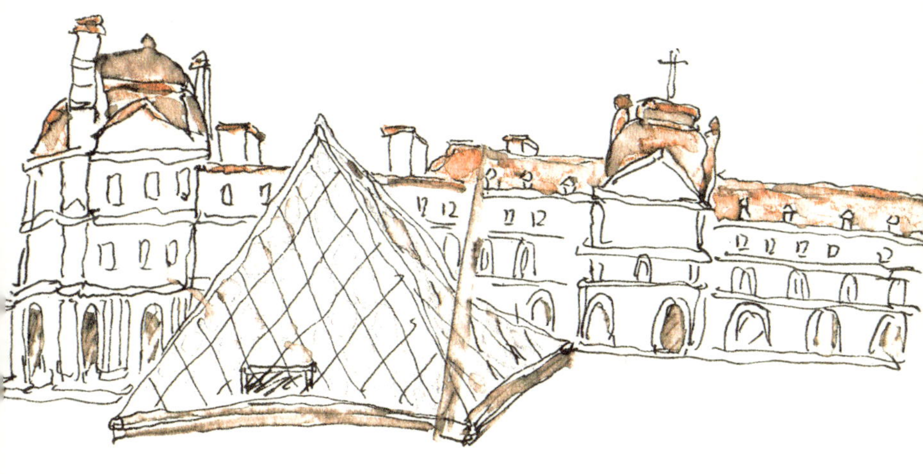

봄을 피우는 수선화
— 영국 국회의사당이 바라다 보이는 템스강변에서

템스강은 썰물로 말라있었다

강의 좌안 인도는
하얀 팬티바람들이 봄바람을 가르는데

빨간전화부스 옆 천년 묵은 성당종루 봄화단에는
노란 수선화가 고개를 내밀고 말을 걸었다

후진국카메라들이 앞선 봄바람에 사람을 전할 때에도
밀물로 가득한 수량만 그림 그릴뿐
연중 쉬지 않고 불이 켜지거나 꺼지지 않는
깃발 올리거나 내려올 줄 모르는 왕조의 비밀마저
차마 전파를 타지 못하더라고 중얼거렸다

이제 봄이 완연하고
꽃샘추위 까불거릴지라도
저 울리는 빅벤에 머리를 부딪치던 시절도 가고
봄은 더 이상 물러서지 못하리라고 속삭였다

나의 봄도 그래야지
나의 사랑도 저 종소리로 울어야지
빅벤종루에 매달려 사랑한다고
빅뱅하는 별무리로 대폭발해야지

후진국카메라들이 부지런히 담아 보냈으리
노오란 봄꽃 수선화

살랑살랑 봄바람으로 바다 건너가야지
바다건너 사랑한다 바다건너
사랑하는 꽃으로 피어야지

소금에 절인 머리

— 런던다리에 걸린 반역자의 수급首級

런던브리지 난간에는
아직도 짜디짠 바람이 분다
반역의 몸뚱어리는 잘라서 짐승에게 주고
반역의 무리
생각 많은 석회질 덩어리는
소금에 절여 장대에 꿰어 강바람에 말린다

왕조의 역사를 짓밟고 건너서 가도
공화국에 이르지 못하다 역사,
불편한 다리
아직도 왕궁근위병이 교대하는 입헌군주국에 이르다
불은 불이로되 타지 않는 뜨거움이라

어디서많이보고들은장사법
여의도강바람으로생각을말려버리려는안테나마다
펄럭이며말라가노라면소금기없는석회질덩어리가되겠지

한때 런던브리지에는 쉰 개가 넘는
소금에 절인 석회질 깃발들이 걸렸었다 했다

저 문맹의 여의도 강바람에도 펄럭이는 깃발 있을까
꺼지지도 타지도 않는 무한수량의 촛불처럼

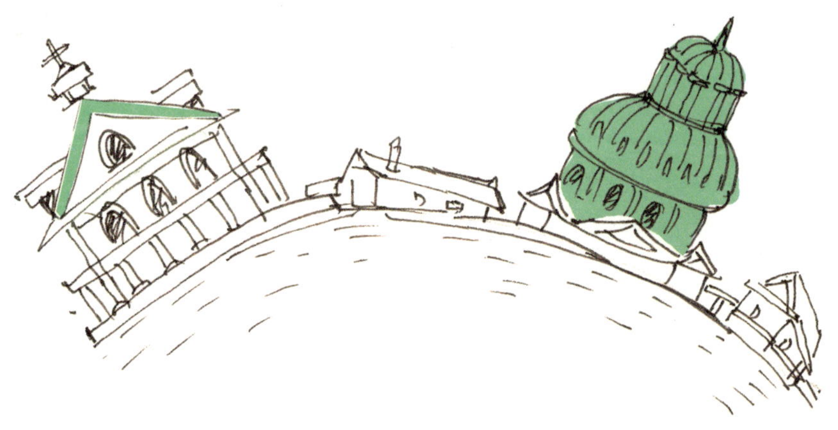

주말사랑

― 서부유럽 젊은이들의 사랑풍속도

처녀 총각이 가엾다고
웃음을 가이드 하면서 하나도 웃지 않는
영국 현지가이드 웃겨~!

만나면사귀고뽀뽀하면결혼하고살림하면애낳고이혼하고
갈라서면위자료주고귀찮고성가시고손해보고어깨무겁고
봄날은가고…

금요일부터 일요일까지만 사랑해요
성도 이름도 묻지를 말아요
라운드헤어인지 까발리어*인지만 말해요
깔깔거리며 박장대소하며 담배연기 흩날리며

포경잡이도 하지 않아 배도 없는 주제에
코조차 작은 먼 나라 방문객에게
포경잡이 하지 않아도 끝내주는 유대인부자 자랑하듯이

선진국 처녀총각이 가엾다고
웃지도 않고 웃기는 영국가이드

선진하는 사랑이 참 웃겨!

*라운드헤어와 까발리어는 모자를 썼는지 쓰지 않았는지를 묻는 그녀들
의 은어라고 한다.

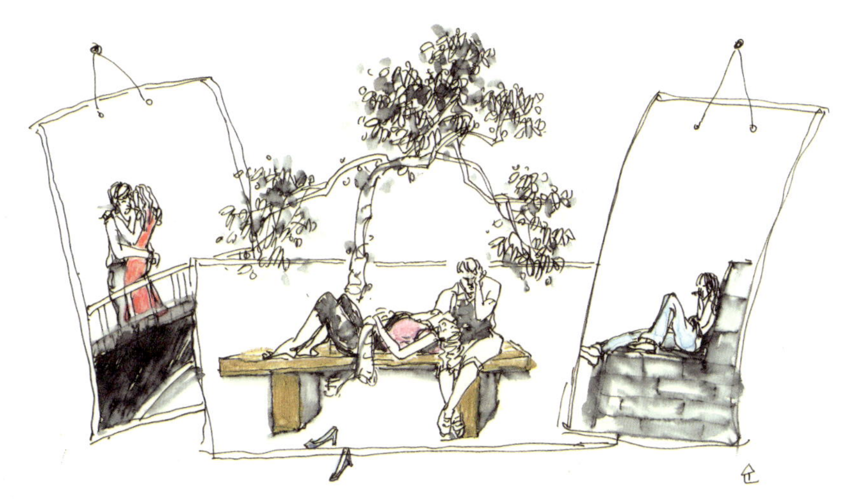

신은 현존한다

― 영국박물관에서

신은 아침마다
낡은 제국의 철문을 열고 기침하신다
경배하러 몰려온 초토焦土의 신민들
조공하는 무리에 선보이는 포즈
박물舶物에 실려 온 대리석 역사에도
박물博物의 유리관 최적의 시스템 보안장치에도
장물贓物의 신탁은 역사다
훔쳐갈 것 없는 가난을 헌금하지 말라
초근목피草根木皮 울타리에도 개나리는 피는 봄
혹은 진달래도 피고 지는 사랑인 것을
한 노스님을 다비하고 온 손으로
신의 역사
역사의 신을 어루만지노라면
불경타 하지 않고 무릎을 내어주거나
불에도 타지 않을 물신의 경전을 펼쳐 보이며
돌의 체취로 물씬 다가서는 신탁
내 안의 제국으로 현존하시다

환승換乘하는 정치
─ 가난과 비만은 동의어다

내 다시는 부끄러워하지 않으리
오렌지건 오륀쥐건 고양이가 울음울어 공포해도
내 다시는 두려워하듯 부끄러워하지도 않으리
민주공화국대한민국 피부색 같은 정치
세끼 식사 두끼로 줄여 건강을 챙기던 투표로도
결코 바꾸어지지 않는 지방색 뱃살
아홉시뉴스로부터달아나는 워킹맘 워킹보이
워킹푸어
왜 먹지 않아도 가난하지 않느냐고
굶는 산업이 굴뚝 없는 첨단산업인 나라에서
내 다시는 부끄러움조차 화장하지 않으리

인천에서프랑크푸르트거쳐런던에이르니
집을잃은오동포동한내너구리귀여운비만

온갖 이유 같지도 않은 피부색으로 모자이크를 이룬
부조화의 선진으로부터 바꿔 타야 하는 공항
공황
저 출렁이는 지방색을 싣고도
비행요금을 차등화하지 않는 정치는 바꾸어야 한다
내 다시는 부끄럽지 않게 바꾸어야 한다

서으로 서으로

― 일부변경선日附變更線을 향하여

그렇게 노를 저어 가노라면

서방정토에 닿을 수 있으리라

가장 긴 하루를 벌어드린 이 부당 수익을 어찌 쓰면 좋을까

시차時差는 시차視差일뿐

이십사시에아홉을더해도늘어나지않는은행잔고

또는 목숨의 잔고

초음속으로 해를 따라잡고 보니

서방여인들의 긴 그림자는 모두가 월영미녀도月影美女圖

저들의 긴 머리카락 끝이나 혹은 긴 침대머리 어디쯤에

하루벌이 인생의 아홉수나 얹혀두면 좋으련만

서툰 혀끝으로 도달하지 않는구나

만월滿月이여!

아이러브유유러브미

사랑마저 통역되지 않는 여기는 선진한 도적떼의 나라

부유한 가난 일번지

서으로서으로 초고속으로 노 저어가다

후진해도 멀리 가는 공맹의 나라로부터

나의 사랑은

별빛달빛눈빛을모아바람찬눈보라로

풍요롭게 가난해도 시를 읽는
서으로 가며 해를 끄을고 가는
나라

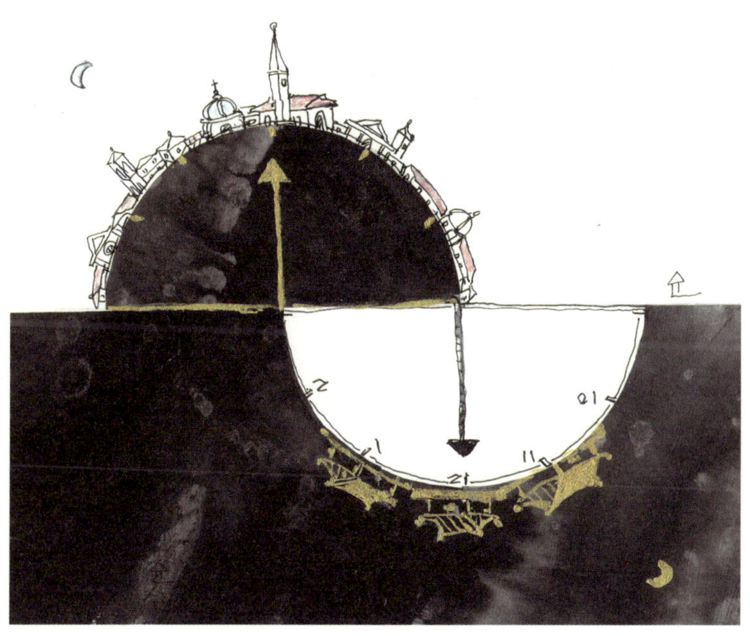

일만 미터 상공에서

— 운해雲海를 거닐며

새벽 거리에 신발 없이 길을 나섰어요
무섭지도 않았어요
집에 가면 안 되는데
취한 영혼은 저리 홀로 잠들지 못하는데
초인종을 누른들 대답조차 들을 수 없을 텐데
그리고는 손에 든 위로를 들고 주저앉았어요
익숙한 번호를 카운트다운 하며
잊힐 수 없는 익숙한 기억을 찾아
목을 놓고 울고 싶었어요
소리 없이 울어도 심해에 닿을 수 있을까
돌고래 사랑으로
그렇게 설움은 사랑 없는 끝에 닿으리라,
닿으리라 다짐했어요.
울음 없는 눈물로 불러도 끝내 닿았으리
해저 이만 리에 마침내 닿는
등푸른 사유
혹은 시들 줄 모르는 공포처럼
너의 심해에 닿는 나의 침몰을
끝내 놓을 수 없는

저 아득한 깊이에서도 솟아올라

마침내 닿을 수 있다니

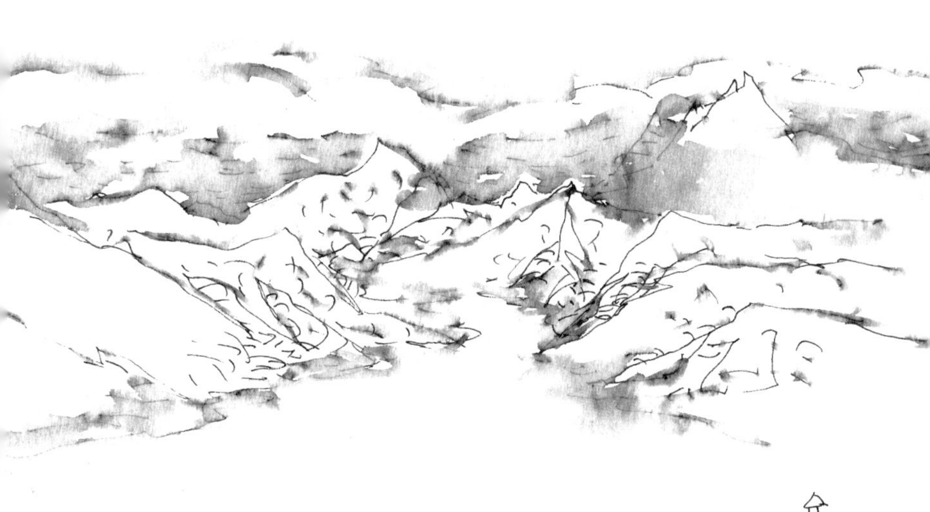

시간을 지우다
― 초고속 여객기를 타다

카메라는 허무를 허무는 도구다
물장구치는 햇살마저 바람으로 잡아두었던
손녀의 여름을 여행으로 씻다.

초음속으로 달려가는 서두르는 발길
어디에도 안쓰러운 인사는 없다.

구름에 닿으면 너를 안을 수 있으랴
길은 이미 전생이었던 시간 속으로
묻지도 않고 잘도 달려간다.

그래야지
그래야 하고말고!
돌아갈 길이 없는 길에서
비상구 없는 인생이었음을 비로소 아는
성난 짐승으로 전력 질주하여라.

길의 먹이는 노상 한 가지 메뉴
안다,

질펀한 단선율의 식탁을 먹어치우노라면

무한질주 본능으로도 닿을 수 없는
끝내 무릎 꿇고 경배하지 않는
무한궤도에 편승한 지구를 보리라

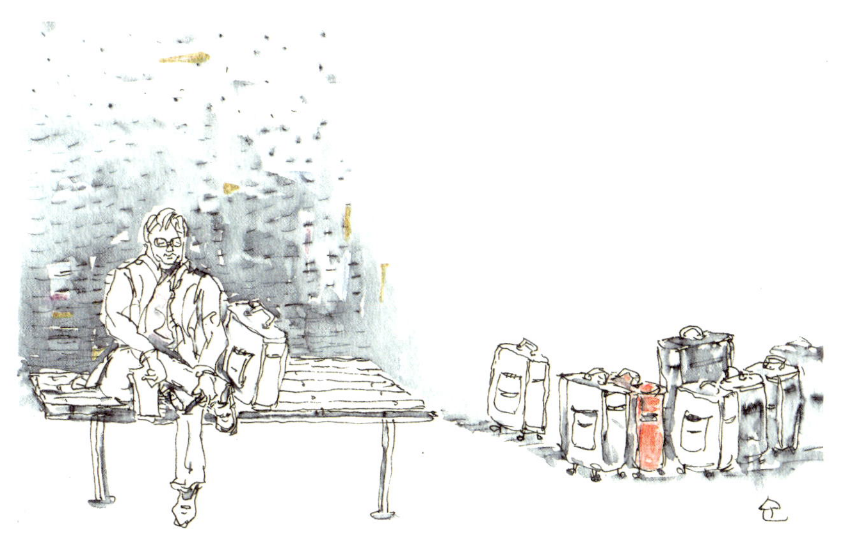

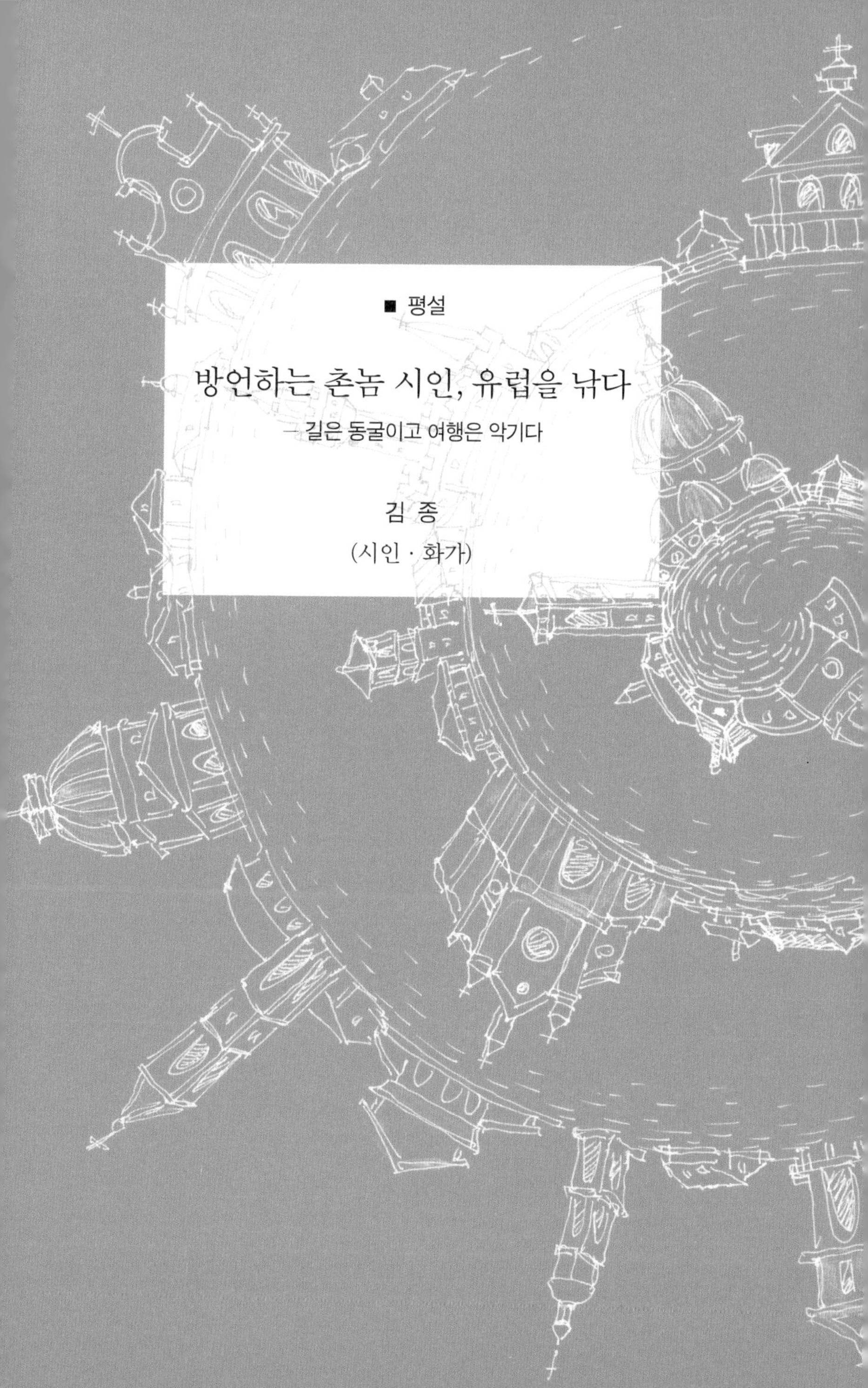

■ 평설
방언하는 촌놈 시인, 유럽을 낚다
— 길은 동굴이고 여행은 악기다
김 종
(시인 · 화가)

방언하는 촌놈 시인, 유럽을 낚다
─ 길은 동굴이고 여행은 악기다

김 종
(시인 · 화가)

  길은 동굴이다. 조명등 하나 없는 캄캄한 동굴, 그럼에도 길은 인간의 이 오랜 세월과 동거해 왔다. 그래서 언어속의 메타포가 되기엔 너무 많이 친숙하다. 어쩌면 길은 생生 그 자체이며 생의 과정을 펴고 접고 눕히고 일으키고 나아가게 하는 강물, 바로 그 강물이다. 항차 길에서 눕고 길에서 일으키고 길에서 나아간다. 길의 '저쪽'은 항시 미지의 물안개에 가려져 있다. 주름주름 바람소리도 밀려가고 둥근 어깨 구름도 달려가 닿는다.

  생의 과정을 짚어가자면 지등처럼 더듬이와 안광眼光은 불을 켜야 한다. 길의 일생은 그래서 긴장 절반 호기심 절반에 조심조심 싹틔워 자라나고 우거지고 시들고 지워져 간다. 길을 만들고 운전하는 존재가 인간인 탓에 길은 인간만의 특허품이라는 말을 나는 여직 생의 주름살 깊이 간직하고 있다.

여행은 길을 연주하는 악기이다. 여러 개의 구멍을 열었다 막았다 하면서 호기심과 설렘을 조율하는 피리 같은 악기이다. 아니 펼쳐진 바다 위의 광활한 서글픔이고 좁디좁은 쾌감이다. 여행과 질병을 자아 찾기의 두개의 통로라고 언급한 사람은 「좁은 문」의 작가 앙드레 지드이지만 여행만큼 지나간 시간을 되새김질하며 어루만지게 하는 것도 드물 것이다.

길을 만들고 운전하는 인간

새삼스럽지만 여행은 늘 생애의 첫날 같은 길 떠나가기이다. 마음 답답하고 울적할 때 바람 한 줄기 만나러 열차를 타면 풍경이 넘기는 한 장 한 장의 지나간 시간들이 칠색 무지개 같은 파노라마가 되어 두루마리 가득 풀려나는 것을 볼 것이다. 확실히 여행은 춤과 노래와 이야기의 장면들을 펼쳐내고 주름주름 누워있던 생의 시간들을 굽이굽이 심우尋牛하는 일, 그래서 여행은 스미듯이 흘러내린 동굴 같은 몸으로 궁금한 세상 짚어가는 강물이겠다. 날아가든 헤엄쳐가든 생의 첫날 같은 꽃을 품고 바람이 나부낀 시간의 이야기들을 품고 풍경의 열매 같은 인간세상의 갖가지 매력을 품고 흐르는 강물이겠다.

눈길 주면 표정 짓고 다가오는 게 사물이다. 어느 시인이 메모하기를 '시가 자꾸 관찰 쪽으로 간다' 했다. 기실 여행을 명분 삼는 시인이라면 세상 사람들에게 관찰 쪽의 세상을 미주알 고주알 고해바치기 위해 길 위에 서는 셈이다. 그래서 길 만큼 많은 생각과 풍경을 조우하게 하는 것도 없으리라. 그런 관계로 걷는 한 여행이고 길 위에 있는 한 여행이다. 길 위에 집이 있고 길 위에 사람이 있고 길 위에 사건이 있다.

유연油然 이동희油然 李東熙 시인의 『하이델베르크의 술통』을 문전옥답 둘러보듯 반복해서 읽었다. 여행의 유혹을 뿌리칠 수 없었던 시인은 '열이틀간'을 이국 풍정의 사냥에 나섰다. 그리고 '접어 둘 수만은 없는 시정 넘치는 기행담'을 '쉰다섯 개의 여행꼭지'로 다듬어냈다. 당초 시인은 '여행은 자주 하되 기행시는 함부로 쓰지 마라'는 다짐 앞에 섰었다. '여행 내내 어느 시인과 작가의 경고가 이동희 시인의 의식을 지배했음에도' 기행시편들을 컴퓨터 자료 삭제하듯이 버릴 수 없었던 이유는, 우선 '밖에 나가보니 안이 더욱 잘 보였고 남의 돌을 끌어다가 나의 옥을 다듬는' '괴테식의 서정이나 서사적 조탁을' '좌정관천坐井觀天' 식 말씨름에다 묶어두고 싶지 않아서였다. 그래서 이 시집 「방언이 그리운 시의 나그네」라는 〈自序〉를 넘어서면 이동희 시인이 헤엄쳐 나온 가히 신천지 같은 서사적 시간들이 시의 평원 위에 파도치고 있다.

몸이 읽어낸 세계, 발자국이 찾아가서 오감으로 읽어낸 세계, 영혼의 기나긴 회랑을 돌아 나오듯 독법을 마친 필자의 뒷자리는 한자리 꽃밭은 되고도 남을만한 생각들이 쌓여 있다.

소설을 쓰는 그녀
칼을 사는 동안, 기운 센 동네 아줌마 성화로
강철 좋은 독일을 만지작거릴 때

시를 쓰는 나는 펜을 샀다
중저가 문방사우 중의 하나
라미만년필에 마르지 않을 시심을 채워 넣었다
… 그렇게 여겼다.

칼로 흥하는 자 칼로 강건할 것이다
주방의 흥겨운 가락이 서사를 낳으리라

저 날카로운 저작咀嚼의 현대여,
도도히 흘러가고야 말리라
대하의 삼각주 장편의 숲이 된 저자처럼!

펜의 치정癡情사건을 읽는다
촌철로 일삼았던 배면의 배신처럼
나의 시는 언제나 나를 배신하는 힘이라 여겼다
… 잠시 살아남으리라

—「펜과 칼」 부분

'프랑크프르트에서 윈도우 쇼핑하다'를 부제로 삼은 이 작품은 '모국어의 닷새 장을 위하여 서둘러 귀국하는, 방언이 그리운 나그네 시인' 이동희의 심정적 세계를 다루고 있다. 시인은 거리에서 '칼'과 '펜'을 사게 된다. 칼과 펜, 둘 다 쇠붙이이건만 '주방의 흥겨운 가락'과 '촌철로 일 삼았던 배면의 배신' 땜에 '몇 가지 비망록을 소품' 삼을 셈이다.

정복의 역사를 밑천 삼는 독일은 곳곳에 칼의 정신이 여실하다. 실제로도 '강철 좋은 독일'은 칼 제작의 전통이 깊다. 그 나라에 와서 '중저가 문방사우'인 '라미만년필에 마르지 않을 시심을 채워 넣으리라' 작정한 화자는 시를 두고 자신을 '배신하는 힘'이라는 반어적 확신에 나아간다. 어찌 '방언이 그리운 나그네'에게 여러 이국異國의 방식들이 마땅했을까. 시인이 생각한 '펜'의 세계는 근본에서 올라온 생존적인 기질이거나 정신성의 다른 표현일 것이며 '솟대처럼 솟아난 망향의 우수 주머니'처럼 세상 가득 터트리고 싶은 시심의 가락으로 읽힌다.

시인이 끌고 간 여행의 굽이굽이가

필자가 시인에게 거듭 보낸 관심사는 붓글씨의 파임처럼 마무리된 '모국어', '방언', '시인'이라는 언어들이다. '칼'보다는 '펜'을 고르고 '가락'에서 '서사'를 얻고자 한 시인에게 지구촌은 '저작의 현대'였고 강물 같은 모습으로 도도히 흘러가는 '대하의 삼각주 장편의 숲'이라는 사실에 도달한다. 대하의 삼각주나 장편의 숲은 동일 표현이겠지만 시인이 끌고 간 여행의 굽이굽이가 바로 그 같음이다.

「독일의 숲」에서 시인의 시선은 인간의 생태를 잡아낸다. '현지가이드 김미란씨'의 알토란같고 라인 강처럼 유려한 소개인즉 "독일인들손하나까딱않고도팔십년을먹고살숲이있어요참부러워죽겠어요!" 여기에서 한 발자국 더 내디딘 시인에게 우리네 가난했던 시절, '노란 백의의 천사'나 '백의민족 광부'들이 이 나라 독일에서 잎을 피우고 줄기로 자란, '사람숲'

이라 이름 한 ‘저들, 오지랖 넓은 사람의 생태계’를 더더욱 부러운 마음으로 바라보고 있다. 그래, 그랬었지. 그리 보니 ‘예술’이나 ‘정치’나 ‘생활’에 뿌리내린 습도와 온도와 토양을 제공했지. 시인은 지난날의 이 같은 흔적들이 도이칠란트의 화사한 억양위에 피어난 ‘가루꽃’이라는 사실을 되새김한다. 새삼 나무가 먹고 자란 자연에 견주어 숲에서 받아 마신 세상의 울울창창한 더 큰 생명의 정신을 토로하듯 읽고 있다.

저들의 강철문화를 숲의 정신으로 엮어낸 시인이 「아우토반 autobahn」에서 ‘히틀러를 대신하여 무릎’을 꿇고 ‘세계대전의 그을음을 지워가고’ 사람에게 사랑옷을 입히면서 이웃나라에 사과나무를 심는 ‘제 몫의 우러름’에서 한 차례 심호흡을 한다. 애써 길 찾아 일본의 국제적 후안무치를 짚어내고 여운처럼 제 밥그릇도 못 지켜낸 우리네 작금으로 돌아온다. 내 가슴 치면서 탓할 것은 우리네 자신이다. 그러면서 제 못난 지난 시간을 되비쳐보는 일이야말로 우리 자신을 알아가는 진짜 ‘비싼 통행료’가 아니겠는가.

백조의 날개를 달고 「백조의 성」에서 시인은 「국경 없는 노래」에 온다. ‘때가 때이고, 곳이 곳인지라’ ‘대뜸 쌍지팡이 짚고 나선’ 임방울 명창 대신, ‘한계령 비스므리한’ 양희은 대신 넘어가던 오스트리아 고개에서 에델바이스를 합창하다가 ‘온통 차안을 어질고 다니는’ ‘모차르튼가 하는 천재’를 만난다. ‘쬐끔 미안하지만’ ‘소야곡인가 세레나데인가 하는 달콤쌉싸름한’ 아이네 클라이네 나하트 뮤직인가 하는 것들이 ‘참말로 무던하게 사랑스러운 음악’이었다고 생각한다. 대저 그럴 것이

'소리는 만국공통어' 이고 저 멀리 손짓하는 '백발의 알프스' 가 모차르트의 천재성을 숙성시킨 풍토가 되어 사람을 살리고 문화를 키웠던 것을 이내 읽을 수 있겠다. '참 이상한 나라 엘리스', '가난한 부자나라' 오스트리아를 '눈코입은 분간할 수 있는 석양' 에야 만났고(「인생 손익계산」) '문득 그들의 부뚜막 소식이 궁금한'「수상도시」 베네치아에서 뱃놀이를 펼친다.

서양 사람들은 모두가 같은 얼굴이다.
그들이 동양인 얼굴 구분하지 못하는 것처럼…

그래도, 곤돌라 위에서 노래 부르는 가수
슈베르트 육촌동생이거나,
파바로티의 환생이 아닐 수 없게 준수하다.

곁에서 반주하는 기타쟁이, 역시
한 시대를 꼿꼿이 세운 카라얀의 콧날을 지녔다.
작은 오케스트라를 켜는 작은 베토벤이어!

수상도시는 수상택시를 부른다.
드맑은 물길 따라 은은하게 울려 퍼지는 노래를 듣노라니
두만강푸른물에노젓는뱃사공흘러간그옛날에내님을싣고떠
나간그배는어디로갔는지?
문득 그들의 부뚜막 소식이 궁금하다.

수상한 시대라서 수상택시를 띄울 수 없는 두만강
그리운내님이여, 그리운내님이여!
언제나 푸른 역사의 강물 위에 배를 띄울까,
신명난 뱃노래를 부를 날 있을까?

한국 사람들은 모두가 같은 얼굴이다.
저들이 코리아의 사우스와 노오스를 구분할 줄 모르듯이.
— 「수상도시」 전문

이 작품이 담아낸 정신은 '코리아의 사우스와 노오스를 구분할 줄 모를' 만큼 '한국 사람들은 모두가 같은 얼굴' 이라는 사실이다. 어찌 한 핏줄로 이어 온 민족에게 좌우의 방향이 있고 높낮이의 우열이 있겠는가. 「수상도시」는 '얼굴' 이라는 말에 독법이 주어진다. 베네치아에서 시인은 '파바로티의 환생이 아닐 수 없게 준수' 한 슈베르트 육촌동생 같은 '곤돌라 위에서 노래 부르는 가수' 에게 마음이 간다. '수상한 시대라서 수상택시를 띄울 수 없는 두만강' 에 비해 '드맑은 물길 따라 은은하게 울려 퍼지는' 베네치아의 노래는 모두가 '한 시대를 꼿꼿이 세운 카라얀의 콧날' 이듯 대낮인 데도 창공에 빛난 별 물위에 어리어 물결 따라 출렁이는 명랑한 산타루치아에 진배없었다.

수상택시는 아니라도 노래는 띄울 수 있어

'수상도시에 수상택시' 라! 상상할 수는 없지만 '두만강 뱃사공' 이 절로 흥얼거려지는 자리에서 시인이 생각한 얼굴감별법은 독특하다. 생김새대로 생각의 방향이 만들어지는 것이라면 진정 우리에겐 상하좌우는 없을 터이다. 방송진행을 맡은 어느 MC가 '여러분 손을 잡으세요. 그러면 좌도 없고 우도 없어집니다' 뛰어난 멘트였다. 무섭게 핏줄을 증명하는 한 가지 모양새의 얼굴이 반만년의 강물이었듯 우리에겐 그처럼 바꿀 수 없는 것들이 있다. 두만강에 '수상택시' 를 띄울 수는 없겠건만 '그리운 내님' 을 부르며 '푸른 역사의 강물' 위에 '신명난 뱃노래' 를 띄울 수는 있었겠다. 좌도 우도 없는 신명난 뱃노래, 그 같은 시간에는 우리네 부뚜막 소식도 창공의 별처럼 연신 빛나고 반짝이리라.

아참, 그리 보니 '카사노바의 고향' 이 베네치아라 하였겠다? 자기 궤변이라 할 수도 있겠으나 카사노바는 여자를 위해, 여자로부터 '그 무엇에게도 구속받지 않는' 사람이었다. '자유' 가운데서 카사노바는 섬 같은 전설 하나를 만들어 낸 셈이다. 같은 이치로 시인이 시를 위해 시로부터 구속받지 않는 '자유' 를 얻어낸 것은 그 또한 '자유' 위에 펼쳐낸 또 하나의 '전설' 이 아닐까. 「자유를 위하여」에서 시인이 요량한 카사노바의 실체적 의미가 시인의 환상적 낭만과 오버랩 되는 것을 느낄 수 있다.

「무명」을 읽으면 '동방에서 온 촌놈 시인' 이 '우연히 스치고 지나간 무명여인' 을 생각하면서 마음의 음률을 다듬었고 신의 노래를 발견했다는 괴테의 청년시절을 떠올린다. 인간의 시간에 무명은 무엇이며 이름 따위에 과감했던 시대가 있었을까.

유독 이동희 시인에게서 읽어낸 '무명'과 '유명'의 거리감이 '고풍스런 피렌체의 뒷골목을 잠시 지나는 것' 쯤이었다면 생뚱한가. 세상에 이름 가진 것들은 모두가 유명이기로 유독 이름에서 반어적 표현을 쓰는 이동희 시인의 무명타령은 예스럽지 않다. 시인이 던진 '단테생가'에의 단상은 무명이 유명을 이어주는 끈이거나, 유명이 무명에게 광속처럼 다가 온 골목길 쯤 되었을 것이다.

　시인의 '촌놈타령'은 「바람은 음악을 연주하고」에서도 읽을 수 있었다. '이탈리아에서 종소리를 듣다'를 부제한 이 작품은 그리 아름다운 피렌체건 미켈란젤로건 '종소리가 연주하는 음악만은 못하다'는 게 메시지 형식으로 다가온다.

자연이 연주하는 음악을 듣는다네,
촌놈시인주제에!
이게 웬 호사, 웬 떡이런가?
베네치아이건 베니스이건 그리 상관할 바 없으나
피렌체건 미켈란젤로건 그리 아름답다할지라도
딱 하나,
종소리가 연주하는 음악만은 못하였다네.
베네치아는 교회들이 일제히 시간을 연주하고
피렌체의 골목들은 빅터유성기 나팔관처럼
오렌지꽃 향기를 실어 나르는 소리통 구실을 한다네
온 도시가 일제히 소리꽃향기에 파묻혀
온 세상이 혁명하듯이 풍선을 타는 동안

동방에서 건너간 촌놈 시인
피렌체 산타크로체 성당 돌계단에 앉아서
사비나여인의겁탈을 망연하게 바라볼 수밖에 없었다네
—「바람은 음악을 연주하고」 부분

일제히 시간을 연주하는 교회들, 빅터 유성기 나팔관처럼 오렌지꽃 향기를 실어 나르는 피렌체 골목들이 온 세상을 혁명하고 있다. 마치 소리꽃향기에 파묻힌 도시가 '큰 종, 작은 종 목소리를 합하여 큰 사랑, 작은 평화'를 구가하고 있는 듯 말이다. 그래서였을까. 시인은 이들 소리꽃향기를 헤쳐가면서 '한때 동네방네 높은 곳에선/ 잘 살아보세 구호소리 요란했'던 우리네 60년대를 회상하고 있다. 온 도시가 일제히 바람의 혼을 타고 실어내는 오렌지꽃이건 진달래꽃이건 동일연상이 가능하지만 바람마저 음악이던, 도시의 광장음악회가 어찌 요란한 구호소리 음악과 겹쳐질 수 있었을까.

「행복한 눈물」에서의 피렌체 메디치 가문의 이야기는 비단 우리에게만 울림이 큰 것은 아니다. '삼대 가는 부자 없다'던 우리네 부자격언에도 '경주의 최부잣집 이야기'가 전설처럼 김서려 있다. 이런 터에 삼대 아닌 삼백년을 석 삼배한 세월을 불패하는 부에 어찌 최부잣집이 뒤처지겠는가. 메디치가나 최부잣집의 정신은 세월의 침식작용에도 썩어질 수 없는 예술 그 자체였다. 시인이 어찌어찌 '꼼쳐두었다가' 들추어낸 눈물은 바로 웃음속의 '행복한 눈물'이 아니었을까. 객담이지만 어느 재벌부인의 그림 컬렉션에 웃는 여자의 얼굴에 눈물 맺힌 그림이 뉴스의 중심이 된 적이 있었다. 이름 하여 '행복한 눈물'. 접고, 세상에 공덕을 짓는 자들은 잘 나갈 때 더더욱 조신하며 시혜하는 자들이라 한다. 눈물 닦아주면서 베풀고 사는 자는 세상을 따뜻하고 배부르게 한다. 예전에 읽었던 한편의 글에 자식에게 돌아가는 복을 도중에서 가로채는 게 아닌가 하여 밀려드는 '좋은 자리'를 사양하며 근신했다는 어느 명사의 이야기는 세상에 복 짓고 살아가는 사람의 한 본보기일 듯했다. 그래 좋다. '인생은 짧고 예술은 길다'는 것.

소나무 길을 걸으면서 로마의 길을 읽다

「만신전萬神殿과 경주慶州」에서는 이나저나 '아홉수'의 묵시적 의미를, 「인격신人格神」에서는 보이지 않는 질서의 힘을 보여준다. 겸하여 「차가운 강물」에서는 도스토예프스키, 셰익스피어, 단테, 괴테를 들어 러시아, 영국, 이탈리아, 도이칠란트에서의 유·무식을 그려내고 그들 사이에 '흑해'와 '지중해'의 중간적 의미를 기발하게 집어냈다. 그러나 반도에는 가로 지른 두터운 빙하의 실체가 '차가운 강[寒江]'일 수 밖에 없음이 아프게 꽂힌다. 「아, 로마!」에서는 초가삼간도 하루아침에는 불가능한데 거대제국 로마가 어찌 하루아침 거리가 될 수 있을까를 노래한다. 시인은 영광의 그늘을 차일처럼 덮고 있는 소나무길을 걸으면서 '모든 길'이 한곳으로만 통했던 로마를 읽는다.

「암반도시」는 이탈리아 롬바르디아 초원을 지나면서 엮어졌다. 평원 저 멀리로 암반도시가 우뚝 솟아 전후로 천년 세월의 풍화를 견디고 있다. 시인은 새롭고 특이한 것을 '우리것' 과 견주었는데 여기에는 민족의 암반에 세운 백년 세월의 '아리랑' 이 등장한다. 아리랑이든 암반도시든 '토픽의 영혼을 건축하고 멈춘 시간을 노래하는 일' 이었다.

내가 한창시절
사랑의 각도에 대하여 궁금할 때

마침 낙하의 법칙까지 삶아먹거나
진자의 법칙마저 찌개 끓일 수 있게
지구의 중력을 떠나려고 작심하던 때가 있었지.

성공한 연애가 애를 낳을 수 없듯이
실패한 사랑이 가문의 영광일 수 있음을
저 대책 없이 멈춰버린 짝사랑으로 찰칵!

성공한 실패는 역사가 되지 못하고
실패한 성공만이 장사가 되는
정사의 비밀
아니 사랑의 역설

그렇게 궁금한 사랑의 기울기에 대하여
마을은 온통 깃발축제로 답하나니
약사들과 기수들과 그리고 연인들과

마냥 기울어진 채

서로 끌어안고 붙잡은 남녀의 각도에서
자빠뜨리려 할수록
무너지지 않는 비스듬한 비밀을 엿보다
찰칵!

사랑이라는 이름의 기울기

―「기울기에 대하여」 전문

　피사의 사탑 앞에서 시인은 '사랑이라는 이름의 기울기'를 생각한다. 시인에게 기울기의 관심은 '지구의 중력을 떠나려고 작심하던' 학창시절부터의 일이었다. 그때의 기울기는 '낙하의 법칙'이나 '진자의 법칙'까지도 삶아 먹거나 찌개 끓일 만큼 비밀과 역설을 거듭할 때였다. 성공한 연애가 애를 낳을 수 없음도 기울기이다. 실패한 사랑이 가문의 영광일 수 있음도 기울기였다. 그래서 시인에게 기울기는 늘 궁금한, 비스듬한 각도로 자빠뜨리려 한 비밀 엿보기였을 터이다.
　'기울기'는 관심이나 만남의 다른 표현이다. '기울기'는 상대에게 다가가는 다른 표현의 자기 경향성이다. '기울기'는 역설적이지만 비밀을 채워내는 짝사랑의 깃발이며 온통 '악사들과 기수들과 그리고 연인들과/ 마냥' 서로를 끌어안은 사랑의 각도이다. 그래서 피사의 사탑이 우주의 어깨에다 비스듬히 기대고 있는 걸까.

보낸 이는

보낸 이유는

보낸 기간조차 명시되지 않은 불량택배

프랑스로댕박물관나무그늘벤치에앉아서

생각하는사람의어깨에얹어두었던질문이

지구를돌고돌아서나보다먼저내책상머리

수취인없는빈집에앉아서고민하고있구나

누가 나를 보냈을까

언제 나를 찾아갈까

어디로 나를 데려갈까

—「대답 없는 질문」 전문

　이제 시인은 주마간산이라 단정한 여행을 이어가면서 질문을 보낸다. 그가 궁금해 하던 세상은 호기심어린 눈으로 찾아 헤맨 세계였다. 「생각하는 사람」은 로댕의 대작 「지옥의 문」의 한 부분이지만 시인도 작품속의 한 부분이 되어 다시금 질문을 시작한다. 지구를 돌고 돌아 수취인 없는 빈집 어디로 데려갈 것인가를 턱을 괴고 생각에 빠진다. 필자의 생각에 「대답 없는 질문」이 주는 작품적 무게는 결단코 만만치 않다.

　소설 같은 이야기를 담아낸 여타 작품들에 비해 길이는 짧지만 이 작품 주변을 싸고도는 위성적인 이야기들은 그의 우주적 상상력에 미만해 있다. '누가' '언제' '어디로' 는 질문이

흘러가는 주체적 방향이다. '방언'으로 새 세상을 엮어가는 '촌놈무명시인'의 유럽형 오디세이를 한 사람의 독자로 읽어내는 재미란 그 자체로 여행체험 위에 플러스알파 같은 느낌을 준다.

생전에
에펠탑을 징그럽게도 혐오했던
모파상

에펠탑전망대식당에서식사하다들켰다
선생님 어찌 여기에서 식사하십니까?

에펠탑이 보이지 않는 단 한 곳이 어딘지 아시오?

나를 징그럽게도 싫어한
나—
나는 항상 나하고만 논다

— 「모파상의 식사」 전문

이유는 모르겠다. 다만 모파상이 '에펠탑을 징그럽게도 혐오했다'는 사실이 흥미롭다. 지식인의 자기위선 자기기만의 본보기(?)라 할까. 싫어하고 혐오한다며 너스레를 떨었을 모파상의 이중적 제스처가 눈에 보이는 듯 실감이 크다. 모파상이 어쩌다 에펠탑 전망대에서 식사를 하게 되었을까. 자주 했던 것일까. 모처럼 했던 것일까. 어느 누가 모파상의 식사 광경을 이처럼 짓궂게 질문하게 되었을까.

그같이 궁한 자리에서 순간 자신을 건져낸 모파상의 재치가 새삼 울려온다. '에펠탑이 보이지 않은 단 한 곳'이 '바로 나'라는 궤변이 모파상의 천재성을 도와준다고나 할까?

아껴둔 표제작 「하이델베르크의 술통」에 가자.

황태자가 술집 아가씨와 첫사랑을 나눈 도시
하이델베르크 뒷골목에는
세상에서 가장 큰 술통이 있다네.

배움이 비로소 큰문을 열었다는 도시
하이델베르크—

감성이 잘 발효되면 지성을 낳고
지성이 제대로 취하기만 할 것 같으면
사랑마저도, 마침내 졸업을 하고야 마는 것!

시인 조지훈이 주도유단론酒道有段論을 휘갈기며
지성마다 십팔 단의 급수를 매기던 도시
이 땅의 큰 배움집에도
취할 줄 아는 지성들이 혁명도 가장 잘 하였다네.

참말만 하는 참나무 일백삼십 그루를 잡아들여

대학의 도시가 남긴
지상의 노트―
취중몽유진실록醉中夢遊眞實錄,
세상에서 가장 힘센 술통이여!

이 땅은 밤의 도시!
술마저도 제대로 취할 줄 모르는…
사랑 또한 혁명하듯이 취하고야 마는…

참말만 하는 참나무들의 노트는 비어가고
이민을 꿈꾸는 젊은 포장마차들
이 땅의 도시들은 불야성을 이룬다네.
　　　　　　　　―「하이델베르크의 술통」 전문

　제목에 술통이란 표현 때문인지 필자는 이 작품을 일찌감치 '디오니소스의 술통' 쯤으로 읽고 싶었다. 이국의 하늘을 이고 땅을 밟은 시인의 이국정조는 절정이다. 황태자가 술집 아가씨와 첫사랑을 나눈 '하이델베르크의 뒷골목'을 아예 술통쯤으로 생각하면 감성은 발효되고 지성을 취하게 하는 것, 새삼 더 큰 세상을 향해 일갈했던 조지훈 시인, 그가 지녔던 호기어린 풍류의 진면목을 보였던 '주도유단론酒道有段論'이 세상을 활개 치는 야성처럼 안겨온다. 술이 없는 지성은 가도 가도 팍팍한 사막길이다. 그래서 시인도 '지상의 노트', '이 땅의 큰 배움집', '취중몽유진실록醉中夢遊眞實錄' 등등을 통해서 호기어린 '힘센 술통'을 그리워하는 것이리라. 이 땅의 지성들이 날로 달로 허약해지는 것은 발효된 감성이 줄어든 탓일까, 아니면 아직도 이 땅에 진정한 풍류가 자리 잡을 수 없는 각박한 현실에 대한 비탄일까? 뒤집은 대지라야 생명력이 커지듯 '지성이 제대로 취하기만 할 것 같으면' 사랑도 혁명도 비로소 세상의 큰 문을 열어가는 것! 하이델베르크가 무대를 이룬 「황태자의 첫사랑」을 원어로 읽어내던 필자의 입시준비생 시절, 생각만으로 그려보던 상상의 도시, 상상의 스토리가 여직 신기루처럼 두 팔을 벌리고 서 있다. 그 어디쯤에 참말[진실]만 해도 술처럼 취할 수 있는, 인간미 넘치는 풍류세상을 그리는 화자의 시선이 선연하다.

떠나면 보이는 게 여행의 진실이다

이골저골 지성이 합수쳐 바다 향해 출렁출렁 흘러갈 때 세상은 그만큼 낭만이 넘치고 기질이 넘치는 젊은 감성이 꽃피어나리라.

이동희 시인의 기행시편을 살펴가는 시간은 필자에게는 새로운 학습의 자리가 되었다. '떠나면 보이는 게' 여행의 진실이다. 제삼자적으로 거리를 두고 천석고황泉石膏肓의 고국을 지켜보는 일이 어찌 여행이 아니고 가능하랴. 가능한 것은 가능한 이유가 있을 때 가능한 법. 여행의 시간이 아니고서 그 동안 잊고 살았던 조국애가 연기 피어오르듯 살아났을까. 닐 암스트롱이 달나라를 탐사하고 지구를 아름다운 푸른 공처럼 바라본 일도 거리를 두고 보았기에 가능했을 터.

　이 시집에 담긴 작품들은 모두가 여행시다. 이들 작품에 군말을 보태면서 여행 중 이런 시 쓰자면 얼마만큼 부지런해야 했을까를 생각한다. 궁금하면 빠짐없이 질문하고 메모했겠다. 여기저기를 의미 붙여 생각하느라 바삐 바삐 돌아가는 일정 중에 일행들과 어울리지도 못했겠다. 무엇인가를 색다르게 노래하기 위해 피곤한 여행 중에 밤잠 줄여가며 이것저것 보충할 때도 있었겠다. 그래서 집필하고 다듬으면서 휘발유처럼 사라지는 여행 중의 여러 느낌들을 신통방통 끌어내어 대하 같은 강물을 이끌었을 것이다. 필자는 이 같은 여러 어려움에도 불구하고 따끈따끈한 현장성을 시로 노래로 엮어낸 시인에게 존경의 마음부터 보낸다.

　이동희 시인의 『하이델베르크의 술통』에 담긴 시편들을 반복해서 읽었지만 쓰고 싶은 말은 제한적일 수밖에 없다. 어부는 고기 잡는 사람이지만 그렇다고 바다의 모든 고기를 잡을 수 없다는 말로 아쉬운 부분을 어루만지려 한다. 하지만 여러 해 동안 서양문학이 중심이 된 〈문예사조사〉를 강의했던 필자로써는 그때그때 짚어보지 못한 새로운 풍토와 역사를 공부할 수 있었다. 이것은 순전히 촌놈 시인의 방언 뒤에 굽이굽이 '유럽' 이라는 실체를 언어화시킨 소득들을 '남는 장사' 처럼 얻어냈기 때문이다. 이동희 시인에게는 뚝심과 입심이 걸쭉하다. 그만큼 시의 기질이 전라도적이며 그만큼 세상 이야기를 거침없이 밀고 가는 힘과 의지가 왕성하다는 말이 되겠다.

　이동희 시인의 이 같은 입심의 기질은 그 만큼 기억력이 탁월하고 종횡 무진한 언어구사가 가능했던 때문이다. 서양의 문

예학자 드퀸시는 문학에서의 천재를 풍부한 이야기꾼이라 하였다. 이를테면 입만 벌렸다 하면 보석 같은 이야기들이 마구 잡이로 쏟아져 나오는 사람이란 뜻이다.

여행은 걷는 일이다. 한 곳에 머무는 것이 아니라 계속해서 행선지를 옮겨가는 일이다. 그러면서 자신의 주변을 시각과 감각으로 관찰하는 것, 이것이 여행이다. 기질적으로 문학은 낭만성의 세계이며 시인 또한 기질적 여행가이다. 젖몸살 같은 견딜 수 없는 미지에의 그리움을 표현하기 위해 더 많은 여행을 했었겠다.

바이런, 키츠, 셸리 등이 낭만적일 수 있었던 것은 이들이 가진 여행에의 추진력 때문이었다. 그들이 미지의 세계 동양에 가기 위해 운하를 타고 배를 몰았던 사실은 성사 이전에 의미를 갖는다.

필자의 어쭙잖은 췌사에도 불구하고 이동희 시인이 포착한 서부유럽 6개국의 '여행보따리'는 동굴 같은 '길'을 따라 '여행'이라는 악기의 줄을 고르는 일이었다. 이제 남은 것은 모두가 독자들의 몫이다. 맛난 시 재미나게 읽었음에 감사한다.

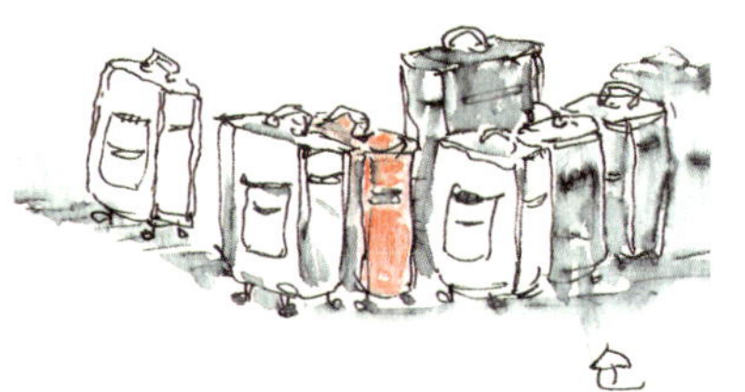

하이델베르크의 술통

글쓴이 / 이동희
펴낸이 / 孫貞順
펴낸곳 / 모아드림

1판 1쇄 / 2011년 5월 25일

서울 서대문구 북아현3동 1-1278
전화 / 365-8111~2
팩시밀리 / 365-8110
E-mail / morebook@morebook.co.kr
http://www.morebook.co.kr
등록번호 / 제2-2264호(1996.10.24)

ⓒ이동희
ISBN 978-89-5664-146-1

값 12,000원